KB197385

〈소설〉
BUNTA TSUSHIMI

〈캐릭터 원안·일러스트〉
ARINA TANEMURA

〈원작〉
BANDAI NAMCO Online

CHARACTERS

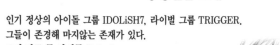

등장인물 소개

인기 정상의 아이돌 그룹 IDOLiSH7, 라이벌 그룹 TRIGGER.
그들이 존경해 마지않는 존재가 있다.
그건 바로 톱 아이돌 Re:vale—.
이제까지 그다지 다룬 적 없었던
Re:vale의 여명기부터 인디 시절……
수많은 고비를 극복해온 유키, 모모, 그리고 반리.
그 격동의 나날을 드라마틱하게 그려낸다!!

유키

모모와 함께 톱 아이돌로 활약 중.
파트너 모모와의 티키타카가 호평을 받고 있다.
그룹 결성 당시 유키는 어떤 나날을?

오오가미 반리

지금은 타카나시 프로덕션의
직원으로서 IDOLiSH7 멤버를
돌보느라 바쁜 매일을 보내고 있다.
실은 Re:vale의 원년 멤버였다.

모모

유키와 함께 Re:vale로서 각광을 받고 있다.
파트너인 유키가 너무 좋아! 하지만 지금에
이르기까지 수많은 우여곡절이……!

Re:vale

개성 넘치는 7인조 아이돌 그룹. TRIGGER, Re:vale와의
협연도 성공하고 나날이 성장해가는 중이다.

나나세 리쿠

이즈미 미츠키

니카이도 야마토

이즈미 이오리

로쿠야 나기

오사카 소고

요츠바 타마키

TRIGGER

IDOLiSH7의 목표이자 좋은 라이벌이기도 하다.
3인조 그룹이며, 섹시한 매력으로 주목을 받고 있다.

츠나시 류노스케

쿠죠 텐

야오토메 가쿠

그 외 등장인물

오카자키 린토
Re:vale의 매니저.

쿠죠 타카마사
TRIGGER 멤버인 쿠죠 텐의 양부.

오카자키 린타로
Re:vale의 소속사인 오카자키 사무소의 사장. 린토의 형.

스노하라 루리
모모의 누나.

만리일공

방송국 스튜디오에는 수많은 사람들이 바쁘게 돌아다닌다. 하나의 방송을 완성하기 위해 각 분야의 전문가들이 기민하고 정확하게 움직인다.

오오가미 반리가 매니저를 맡고 있는 MEZZO"도 출연 순서를 기다리는 중이다. 특집 녹화에 소고는 긴장하고 있었다. 그는 실례를 저지르는 일이 없게 늘 출연자들의 정보를 머릿속에 집어넣고 오는데, 오늘 밤은 인원이 많아서 불안할 터였다. 그에 비해 타마키는 느긋하게 자신의 손가락을 만지작대고 있었다. 그는 아침부터 계속 약지의 거스러미를 신경 쓰고 있었다.

"타마키 군, 계속 건들면 세균이 들어갈 거야."

"반짱, 이거 잡아당기면 뜯어질 것 같은데 아파. 딱 아슬아슬한 라인이야."

"반리 씨, 오늘 방송의 대본을 한 번 더 봐도 될까요?"

"자, 여기. 소고 군은 이 타이밍에 드라마 얘기를 하게 되지 않을까?"

타마키의 손가락 끝을 만지지 못하게 누르면서 소고에게 대본을 건넸다. 얼마 지나지 않아 MEZZO"를 호출하는 소리가 들렸다.

"여기서 기다릴 테니까 둘 다 잘하고 와."

"네, 다녀오겠습니다."

"반짱, 이거 줄게. 아까 밥도 못 먹었잖아. 간식."

타마키가 건넨 에너지바를 받고, 반리는 고맙다며 웃어주었다. 조명 아래로 향하는 두 사람을 눈으로 배웅한 후 그들의 모습을 확인하면서 수첩과 서류를 꺼내 다음 스케줄을 확인했다. 몇 건인가 연락이 필요한 것들은 틈을 봐서 메일을 보내자고 생각했다.

몇 번 만난 적 있는 여자 디렉터가 장신에 반듯한 외모의 반리에게 호의적으로 말을 걸어왔다. 대충 맞장구쳐주다 적당한 타이밍에 끊고, 반리는 에너지바 봉지를 뜯었다.

초콜릿 맛이 나는 에너지바를 씹고 있는데 불현듯 커피 냄새가 났다. 아까 그 여자 디렉터인가 싶어 고개를 든 반리는 옆에 있는 사람의 얼굴을 보고 말문이 막혔다.

"이야, 오랜만이군. 날 기억하나?"

쿠죠 타카마사였다.

쿠죠는 목이 멘 반리를 보며 손에 들고 있던 커피를 내밀었다. 고개를 저으며 반리는 그를 쳐다봤다. 노려보는 듯한 시선이었는지도 모른다.

"쿠죠, 타마키 군의 여동생은……."

"해외에서 열심히 레슨을 받고 있지. 나도 질문 하나 해도 될까?"

"질문?"

"자네 눈엔 이 풍경이 어떤 식으로 보이지?"

의미를 알 수 없는 질문에 반리는 불쾌한 듯이 두 눈을 가늘게 떴다.

쿠죠는 동요하지 않고 계속 말을 이어갔다.

조명이 더 밝아지더니 스튜디오에선 본방이 시작되었다.

"만일 자네가 사라지지 않았다면 유키는 내 말을 들었을 거야. 유키와 자네를 야오토메 프로덕션에 맡기고 그의 아들과 데뷔시켰겠지. 난 텐을 만나지 못했을 거고, TRIGGER도 IDOLiSH7도 태어나지 않았을지 몰라."

경쾌한 사회자의 목소리와 밝은 음악이 서먹한 스튜디오에 울려 퍼졌다. 방송국 괴담에 나오는 망령처럼 쿠죠는 스튜디오의 구석에서 희미하게 미소 지었다.

"언제나 빈자리가 미래를 움직이거든. 제로를 잃은 세상이

새로운 스타와 음악을 뱉어내듯이. 5년 전, 자네는 미래를 바꿀 레버를 당겼어. 그런 자네에게 이 세계는 어떤 식으로 비추어지지?"

반리의 입꼬리가 올라갔다.

"당신은 제로를 특별히 여기고 싶나 본데, 빈자리에 특별한 가치는 없어. 빈자리를 채우기 위해 내민 손이나 만들어진 게 훨씬 가치가 있지."

쿠죠의 얼굴에서 웃음기가 사라졌다. 반리는 에너지바를 물고 그에게서 멀어지기 위해 걸음을 옮겼다. 어째서 사라질 수가 있었던 거지? 라는 소리가 들려왔음에도.

목구멍 깊숙이 걸린 무언가가 반리의 얼굴을 일그러뜨렸다. 그럼에도 계속 씹어삼키며 스튜디오 천장을 올려다봤다.

거기에는 무수한 별처럼 눈부신 조명이 빛을 발하고 있었다.

10년 전──.

도심의 라이브 하우스는 열기로 가득 찼다. 좁은 상자에서 조명의 불빛이 요란하게 흔들리고, 환호성이 터져 나왔다. 바닥에 떨어진 어느 밴드의 전단지를 밟으며 손님들이 춤을 춘다.

카운터에 있는 문신을 한 남자가 수입 맥주를 들이키며 비웃음을 날렸다.

"이 많은 관객의 대부분이 Re:vale의 관객이라는데 고딩 밴드는 무슨. 어차피 생긴 거랑 어린 거 빼고는 볼 것도 없잖아?"

"오."

귀에 익숙한 험담을 들으며 Re:vale의 오오가미 반리는 웃었다. 불쾌하지만, 화가 나진 않는다. 자신들의 라이브를 보면 알게 될 것이다.

파트너인 오리카사 유키토는 애초에 남을 신경 쓰지 않는다. 서늘한 얼굴로 공연장을 확인하고, 대기실로 향하려는 찰나, 문신을 한 남자가 길을 막았다.

불쾌한 듯 유키가 눈썹을 찡그리는 순간, 돌연 남자가 그의 얼굴을 움켜쥐었다.

"얼굴로 관객을 뺏을 거면 아이돌이나 해. 밴드를 우습게 보지 말고."

유키는 두 눈을 가늘게 뜨고, 안색 하나 바꾸지 않은 채 차갑게 내뱉었다.

"우습게 보는 건 그쪽이잖아."

"뭐라고?! 우왁……."

남자는 갑자기 발이 엉켜 고꾸라졌다. 반리의 발끝에 걸렸기 때문이다. 유키의 팔을 당기면서 반리는 한 손을 올려 사과했다.

"이런, 죄송합니다. 유키, 가자."

유키는 반리에게 끌려가면서도 중지를 세우고 남자를 노려봤다. 반리가 손을 뻗어 중지를 감싸 숨겼다.

대기실로 가는 좁은 복도를 걸어가면서 유키가 반리를 옆눈으로 흘겼다.

"일부러 발 건 거지?"

"우연이야. 다리가 길어서."

"말이나 못 하면."

"너한테 그런 짓을 하니까 열받아서."

"……아앗! 안에 들어가면 안 돼!!"

경비원 같은 남자의 목소리에 두 사람은 동시에 뒤를 돌아봤다. 젊은 여자 두 명이 하늘하늘 화려한 옷을 나부끼며 큰 꽃다발과 선물을 품에 안은 채 흥분이 가득한 웃는 얼굴로 다가

왔다.

"반, 유키! 라이브 힘내!!"

"이거 꼭 직접 주고 싶었어!!"

유키는 노골적으로 반리를 방패막이 삼아 뒤로 숨었다. 여자들의 기세에 압도된 채 선물을 받아들고 반리는 난감한 듯이 웃었다.

"고맙습니다. 하지만 대기실은 들어오면 안 돼요."

경비원에게 붙잡힌 여자들은 꺅꺅거리면서 환호성을 질렀다.

다시 대기실로 향하며 반리는 안도감에 가슴을 쓸어내렸다.

"그냥 팬이라 다행이다……."

"그냥 팬이 아니면 뭐가 곤란한데?"

"네가 작곡이 안 된다고 무의식 중에 4일 연속으로 만든 여자친구 4인방 말이야. 진짜 최악이었지."

"곡이 안 써지니까 괴로워서….."

조용한 목소리에 반리는 유키를 내려다봤다.

"한숨 돌리기라고 할까. 기분전환을 하고 싶었거든."

"왜 여자로 기분전환을 하는 거야. 상대는 진지하다고. 불쌍하지도 않아?"

"또 화내네."

"유키가 위험한 일을 당하지 않았으면 해서 그러는 거야."

눈을 깜빡이며 유키는 얼굴을 풀었다. 반리는 Re:vale 외에도 몇 개의 밴드명이 적힌 대기실 문을 열었다.

"유키……!"

유키의 이름을 부르며 문에서 뛰쳐나온 건, 알록달록한 공작새처럼 섹시한 의상을 입은 여성 보컬이었다. 핑크색과 보라색 깃털을 흩뿌리면서 그녀가 유키를 끌어안았다.

유키는 잠시 굳어있다가 눈으로 반리에게 물었다.

'누구더라?'

반리도 떨떠름한 얼굴을 하고 눈짓으로 되물었다.

'내가 알겠냐.'

"전 여친이랑 다시 만난다고 날 버리는 게 어딨어!! 반리란 여자 불러내! 내가 얘기할 테니까!"

반리라는 건 아무래도 자신을 말하는 것이리라. 대기실에 있던 반리의 본명을 아는 사람들이 반리에게 안 됐다는 눈길을 보냈다. 오열하는 그녀의 모습에 당황한 반리는 조심스럽게 유키에게 물었다.

"……이게 무슨 소리야? 너 대체 뭐라고 했길래."

"아…… 생각났다. 저번에 반이랑 싸운 적 있잖아?"

"그랬나?"

"그랬어. 금방 잊어버리기는."

유키는 비꼬듯이 반리를 노려봤다. '누가 할 소리'라는 말을 꾹 삼키고, 반리는 유키의 설명을 기다렸다.

여자를 밀쳐내고 머리에 붙은 깃털을 털면서 유키는 투덜거렸다.

"반의 집에서 뛰쳐나간 직후에 저 여자를 만났어. 반한테 필요 없다는 소리를 들었으니 대신 받아달라고 했지."

"이 바보가……."

"미안. 이제 반이랑 화해했으니까."

그럼 이만, 이라는 느낌으로 유키는 그녀의 눈물을 닦아주고는 훌쩍 지나쳐 갔다. 마스카라가 번져 흘러내린 눈을 크게 뜬 채로 그녀가 휙 하고 돌아봤다.

"뭐야 그게?! 이제 볼일 다 봤단 뜻이야?!"

"어? 응."

"유키……!"

아수라장을 예감한 반리는 서둘러 유키의 입을 막고, 필사적으로 웃어 보이며 눈물 맺힌 여자를 달랬다.

"이 녀석, 아직 어려서 그런 거니 너그럽게 봐줘요. 자세한 얘기는 라이브 끝나고 다시 하죠."

"어리다니? 몇 살인데?!"

"열여섯."

"거짓말⋯⋯."

그녀가 경악하는 것도 무리는 아니다. 외모만 보면 유키는 어른이니까. 소년답지 않은 색기를 풍기는 데다가 신경질적이고 우울해 보이는 적막감은 독특하면서 아름다운 분위기를 자아낸다.

옆에 있는 반리도 마찬가지. 스타일 좋은 장신에 차분한 언행은 미성년이라고는 도저히 생각할 수 없는 품격이 느껴진다. 다정하고 밝은 미소는 천진난만한 어린 모습이 아니라 그의 강한 정신을 보여준다.

있기 불편해진 대기실을 나와 두 사람은 무대 옆에서 다른 사람의 라이브를 지켜봤다. 무대에 선 사람은 아까 악담을 퍼부었던 문신의 남자였다.

"잘하잖아."

연주를 들은 유키는 솔직하게 남자를 칭찬했다. 그런 유키를 보며 반리가 미소를 짓자 미심쩍은 듯 유키가 반리를 힐끗 흘겨봤다.

"뭐야. 왜 웃어?"

"너의 그런 면이 좋아서. 신세를 진 사람한테도 아무렇지 않게 엄청 못 한다고 말하는 트러블 메이커지만, 아무리 열받는 상대라도 유키는 공평하게 평가하잖아."

"인격의 질과 음악의 질은 별개야."

그게 유키의 신조였다. 무대를 바라보는 유키의 옆얼굴이 붉고, 푸른 불빛을 받으며 조금씩 불쾌한 듯 변해갔다.

"그런 것도 모르는 녀석이 너무 많아 탈이지. 무대에도, 객석에도."

유키는 작곡 실력이나 연주 실력보다도 눈에 띄는 외모와 모난 성격으로 주목받을 때가 많았다. 그게 유키를 힘들게 한다는 것도 반리는 잘 알고 있다.

남들 눈에는 사치스러운 고민으로 비칠지도 모르고, 생긴 건 둘째치고 성격은 고칠 수 있지 않냐며 혼이 날 수도 있다. 그럼

에도 유키는 온 힘을 다해 필사적으로 버둥거리며, 다른 모든 걸 버리고 음악을 만들어내고 있다.

그 모습은 그를 미워하는 누구보다도, 그를 원하는 누구보다도 무구하고 한결같다.

'하여간 서툴러. 저 녀석은.'

그렇기 때문에 오리카사 유키토가 사람의 탈을 쓴 폭풍이라 하더라도 반리는 그가 좋았다.

Re:vale의 차례가 돌아오자 그들이 무대에 등장하기도 전부터 객석의 열기가 뜨거워지기 시작했다. 맨 앞줄에서 따분한 듯 다른 밴드의 곡을 듣고 있던 여자들의 눈이 반짝였다. 술기운이 돈 남자들도 춤을 출 준비를 하고 있었다.

"안녕하세요. Re:vale입니다."

반리가 인사하자 떠들썩한 함성이 울려 퍼지며, 반리와 유키의 이름을 연호하는 소리가 난무했다. 유키는 지루한 듯 마이크의 위치를 조정했다.

반리는 웃으며 기타를 고쳐 매고는 객석을 바라봤다.

확실히 여자들이 많다. 정말 젊음과 외모만 보고 우리를 좋아하는 걸도 모른다. 그럼에도 반리는 객석에 퍼지는 만면의 웃음을 보는 게 좋다. 이 공간도, 라이브의 열기도.

이유 같은 건 없다. 그저, 그저 좋을 뿐.

입맞춤하듯 마이크에 얼굴을 가져갔다.

"오늘 밤 끝까지 즐겨봅시다."

비명 같은 함성은 유키의 인트로를 집어삼킬 정도로 격렬하고 컸다.

같이 음악을 하고 싶다고 먼저 말을 꺼낸 건 유키였다.

그건 유키와 만난 지 얼마 안 된 어느 날. 바닷가 옆 도로 위에 있는 자판기에서 음료수를 뽑고 있을 때였다. 비행기 소리가 너무 시끄러워서 제대로 듣지 못했던 기억이 난다.

미친듯한 무더위에 아무리 닦아도 땀이 끊이지 않던 날이었다.

"반이랑 하고 싶어."

"뭐를?"

"반이랑 밴드할 거야."

자판기 앞에 쭈그리고 앉아 나오다 걸린 페트병을 잡아당기려던 반리는 하늘을 우러러보듯이 고개를 들었다.

자신을 내려다보는 유키의 얼굴과 어딘가에 비행기를 숨긴 구름 낀 하늘이 보였다.

파란 하늘이 아닌데 태양보다 눈부신 새하얀 하늘.

"좋지."

반리는 쑥스러운 듯 미소를 띠고 페트병을 건넸다. 아직 만난 지 얼마 안 됐지만 유키에 대해선 왠지 모르게 이해가 됐다. 처음에는 그의 쌀쌀맞은 태도에 오해도 했지만, 눈을 보면 금방 알게 된다.

굶주린 사막의 나그네가 벌컥벌컥 물을 마시듯이, 유키는 열중한 상태로 반리를 바라보며 얘기했다. 좋아하는 음악 얘기, 좋아하는 가수 얘기, 꿈 얘기.

처음 반리의 집을 방문했을 때는 탐욕스럽게 CD 앨범 선반에 손을 뻗었을 정도다. 어느 게 좋아? 이건 알아? 끊임없이 물어본 다음 공통점을 찾아내고는 감격했다. 그래서 반리도 유키와 함께라면 잘할 수 있을 것이라 생각했다.

좋다고 했는데도 유키는 만족하지 못한 것 같았다. 반리에게서 시선을 거두고, 기나긴 기도를 끝낸 것처럼 눈을 감았다.

불안해 보이는 유키에게 반리는 고개를 갸웃했다.

"꼬셔놓고 그 표정은 뭐야?"

"같이 뭘 하고 싶다고 생각이 든 사람은 처음이야. 그런데 누군가랑 오래 뭘 같이 해본 적이 없어서."

"왜?"

"몰라. 다들 사소한 일로 화를 내더라고."

"그 사람한테는 사소한 게 아니었던 거겠지."

"반한테 사소하지 않은 건 뭐야? 화나지 않게 노력할게, 일단은……. 신경 써서."

너 진짜, 라며 한마디 하려다가 반리는 입을 꾹 다물었다. 유키의 눈빛은 한결같았다. 그는 정말로 반리를 잃고 싶지 않았던 것이다. 음악 취향도 맞고, 대화도 맞고, 같은 열량만큼의 향상심도 있다.

그런 자신과 함께하고 싶어서 본인 말대로 일단 신경을 쓸 생각인 것이다.

서툰 유키가 흐뭇해진 반리는 그의 뒷머리를 꾹 눌렀다.

"바보, 화낼 땐 화낼 거야. 하지만 사라지거나 하진 않을 테니까."

그제야 유키는 만족한 듯 미소를 지었다.

그로부터 1년이 지난 지금. Re:vale의 활동은 순조로웠다.

반리와 유키가 사는 동네는 도심에서 1시간 정도 떨어진 바다와 고도(古都)가 있는 마을이다. 찐득한 바닷바람이 부는 하늘에는 느긋하게 모노레일이 달린다.

동네 라이브 하우스에선 모르는 사람이 없었고, 도심에서도 화제인 Re:vale이지만, 평일은 평범한 학생이었다.

"아아, 오늘부터 시험인가……."

교복을 입은 반리는 세면대 앞에서 칫솔을 물고 화장실 벽에 걸린 달력을 바라봤다.

반리는 고등학교 입학과 동시에 자취를 시작했다. 딱히 가족과 사이가 나쁜 건 아니었지만, 아버지의 재혼 상대가 데려온 아이가 한 살 아래의 여자애였다. 또래의 남녀가 같이 사는 건 불편할 거라며 재혼을 미루는 것 같길래 마침 자취를 하고 싶었던 반리가 먼저 '자신은 신경 쓰지 말라'며 아버지를 설득해서 집을 나왔다.

보통의 경우라면 첫 고교 생활과 자취생활에 힘들어하며 생활했을지도 모른다. 하지만 반리는 원래 계획적이고, 자기 관리를 잘하는 성격이다. 할 일을 후다닥 끝내고, 정도를 벗어나는 일도 없이 취미인 음악에 몰두하며 자유로운 생활을 만끽했다.

그게 자취 1년 차. 2년 차부터는 방 풍경에 기타를 끌어안은 소년의 모습이 추가되었다.

반리 집에 눌러앉은 한 학년 아래의 타교생, 오리카사 유키토다.

칫솔을 입에 문 채 반리는 유키가 자고 있는 소파베드를 발로 찼다.

"일어나. 지각해도 난 모른다?"

유키는 꿈쩍도 하지 않았다. 유키는 잠투정이 심해서 한 번 잠들면 좀처럼 일어나지 않는다. 특히 어젯밤엔 신곡 만들기에 몰두해서 새벽까지 깨어있었다.

반리는 한숨을 쉬고, 아까보다 더 큰 소리로 말했다.

"오늘은 학교에 가. 이러다 유급당해."

유키는 희미하게 눈꺼풀을 달싹였다. 잠에 취한 채로 반리에게 다가가려다 소파베드에서 떨어졌다.

"아파……."

"깼으니 됐잖아."

"……반은 매정해. 관객한텐 엄청 서비스 해주면서……."

어젯밤에 끝난 말다툼을 다시 시작하려는 유키에게 반리는 눈살을 찌푸렸다.

반리는 관객들에게 친절하고 다정했지만, 유키는 그의 퍼포 먼스를 좋게 보지 않았다. 음악 외의 것으로 평가받고 싶지 않 았기 때문이다.

"……여자 관객이 기뻐할 만한 짓을 하니까 오해받는 거야. 우리는 진지하게 노래하는데."

"관객이 즐거워하면 좋잖아."

"반은 분하지도 않아?"

표정이 거의 없는 유키의 눈동자에 희미한 간청과 비애가 담 겨 있었다. 유키는 늘 자신과 반리의 바람이 같기를 원했다.

그런 유키를 달래듯이 반리는 밝게 미소 지었다.

"뭐가 분한데? 우리는 좋아하는 음악을 하고 있고, 우리를 좋아해 주는 사람들이 있어. 기쁜 일 아냐?"

"음악은 전혀 알지도 못하고, 곡 감상평도 제대로 할 줄 모르 는데?"

"네가 바라는 게 너무 많은 거야. 모두가 평론가처럼 인트로가 경쾌하네, 영국의 90년대 록을 연상시키네, 같은 말을 하진 않아."

"휴일엔 뭘 하냐, 취미는 뭐냐, 혈액형은 무슨 형이냐, 그런 얘기만 하잖아. 난 아이돌이 아니라고."

"그럼 음악평론가한테 품평을 받을 만한 곡을 만들자."

반리가 격려하자 유키는 괴로운 듯 양손으로 얼굴을 가렸다.

"……곡이 안 나와……."

반리는 입을 다물었다.

아침이 되었는데도 유키의 얼굴은 여전히 한밤중이었다. 아직 들리지 않는 멜로디를 찾아 어둠 속을 헤매는 나그네처럼.

"……괜찮아?"

수척해진 모습이 걱정돼 반리는 슬쩍 말을 걸었다. 요즘 유키는 고민이 많아졌다. 곡을 만들어내는 것에 시간이 걸린다. 그건 결코 유키의 재능이 마른 탓이 아니라 유키의 시야가 넓어지고 기술이 올라갔기 때문이다.

예전이라면 만족했을 퀄리티도 이제는 세부적인 면까지 신경이 쓰이고, 그래서 오래 만지고 다듬을수록 길을 헤매기 시작

하고 이상에서 멀어진다.

그럴 때의 유키는 심각하다. 식음을 전폐하고 음악에 몰두한 채 기타를 쳤고, 억지로 재우려 해도 잠들지 않았다. 사신에게 영혼을 뺏긴 것처럼 음악에 대한 것만 생각했다.

유키는 길에 쓰러진 환자처럼 반리에게 손을 내밀었다. 반리는 조심스레 유키 앞에 웅크리고 앉아, 차가운 손가락을 쥐었다.

"유키, 괜찮아?"

"안 되겠어."

무표정하게 반리를 바라보며 유키는 지독히도 솔직하게 약한 소리를 뱉어냈다. 유키는 반리에게 도움을 요청하고 있었다. 그는 불손하고 무신경한 트러블 메이커이지만, 섬세하고 상처받기 쉬운 동심을 가진 예술가이기도 했다.

줄곧 열심히 만들어 온 나무 블록 성이 완성되기 일보 직전인데 도무지 진행되지가 않는다. 마음대로 되지 않으니 그렇게 사랑하던 성이 싫어지고 만다. 슬퍼서 참을 수 없다며 눈물을 글썽이는 어린아이.

"빨리 완성하고 싶어⋯⋯. 반이 없으면 못 해."

"……학교 가야지. 넌 안 갈 거면 잠이라도 푹 자."

"잠이 안 와."

스러질 것 같은 애처로운 목소리로 유키가 속삭였다.

"……빨리 편해지고 싶은데……."

자기 집 바닥에서 발가벗은 채 굴러다니는 영혼을 내버려 둘 수가 없었다.

손목시계를 확인한 뒤 마지막 한숨을 내쉬었다. 학교 가방을 바닥에 내려놓고, 기타를 꺼내 들자 죽은 사람 같았던 유키의 눈동자에 생기와 희망이 차올랐다.

"얼른 일어나. 낮에는 나갈 거니까."

그렇게 Re:vale은 아슬아슬할 때까지 전심전력으로 곡을 만들고 모든 걸 바쳐 노래했다.

"좋겠다. 반이랑 유키는 재능이 있어서."

그런 말을 들을 때마다 유키는 몹시 불쾌해했다. 그 마음은 반리도 이해할 수 있었다. 좋겠다고 말하는 녀석 중에 그들보다 곡을 더 많이 듣고, 곡을 더 많이 쓰고, 사람들 앞에서 더 많이 노래하는 경험을 한 녀석은 없을 것이다. 유키는 곡을 만들기 위해 그들의 몇천 배, 몇만 배는 더 노력하고 있다.

'좀 더 알아주면 좋을 텐데. 이 녀석이 얼마나 노력하는지. 얼마나 진심으로 자기 곡을 아끼는지.'

눈에 띄는 외모 때문에 건방지네, 잘난 척하네, 오해받기 쉽지만, 한마디로 유키는 '음악 오타쿠'다. 예전에 반리의 옆자리에 앉았던 여자아이도 그랬다. 좋아하는 애니메이션 얘기는 신나서 끝도 없이 떠들지만, 다른 화제로는 아무리 얘기를 해도 그저 맞장구만 쳐줄 뿐이었다.

공부가 서툰 사람이 있는가 하면 운동이 서툰 사람도 있다. 그런 것처럼 대화가 서툰 사람이 있는 것도 이상한 일은 아니다.

유키는 유키의 장점으로 이득을 보고, 단점으로 손해를 보는 것뿐이다. 흔하디 흔한 어디에나 있는 사람들과 마찬가지로.

"……어때?"

"으음, 앞의 곡이 더 좋았어."

만신창이가 된 유키가 들고 온 곡이라도 반리는 솔직하게 말해준다. 그게 자신들의 성의와 자부심이라고 믿고 있으니까. 물론 반리 곡이 유키에게 까이는 것도 일상이었다.

그때마다 서로 칼에 찔린 것처럼 심음하고, 짐승처럼 으르렁거린다.

"……앞의 곡이 더 좋다고……?"

"후자는 너무 복잡하고 요란해. 과한 느낌이야."

"……난 이게 훨씬 좋은데? 반도 앞의 곡이 부족하다고 했잖아."

"난 그냥 조금만 손보는 게 좋겠다고 했지. 이건 너무 많이 손댔어. 집요할 정도로."

그런 날의 밤에는 격렬한 논쟁이 벌어졌다. 아침이 오고, 녹초가 되어도 두 사람은 납득할 수 있을 때까지 계속 얘기를 했다.

반대로 마음에 드는 곡이 나왔을 땐 최고의 라이브를 마친 것처럼 기뻐했다. 한밤중에 어린아이처럼 팔짝팔짝 뛰다가 옆집의 벽치기 경고를 받기도 했다. 그럴 때는 담백한 유키도 얼굴이 풀어져 웃고, 진중한 반리도 호언장담을 쏟아낸다.

"봐. 약간의 편곡만으로 좋아졌잖아."

"응! 우린 천재야."

"그렇지? Re:vale 최고!!"

바보처럼 우쭐해하며 함께 웃어댔다.

천진난만한 유키의 웃음을 볼 때마다 반리는 바랐다. 더 많이 성공하게 해주고 싶고, 더 많이 편하게 노래할 수 있게 해주고 싶다고.

이런 작곡 방식을 고수하다간 유키의 몸이 먼저 망가질 것이다. 얼마 전 유키와 함께 본 영화 내용도 반리를 불안하게 만들었다. 작품 제작에 번뇌하던 조각가가 고뇌 끝에 손목을 그어버리는 에피소드였다.

따분한 듯 사과를 먹고 있는 유키를 곁눈질로 보며 반리는 파리해졌다.

'이 녀석이라면 그러고도 남지…….'

그러던 차에 신세를 진 적 있는 타교의 밴드 친구가 학원제에 나가지 않겠냐는 제안을 해왔다.

'아이돌 콘테스트'를 흉내 낸 이벤트를 기획했지만, 출연자가 너무 적다는 것 같았다. 은혜도 갚을 수 있고, Re:vale를 홍보할 기회도 될 것 같아서 반리는 기꺼이 받아들였다. 하지만 유키는 투덜대며 불평했다.

"댄스는 귀찮단 말이야. 아이돌이란 말을 듣는 게 제일 싫은데."

"뭐 어때? 자질이 없진 않아. 운동을 싫어하는 것치고는."

천성인지 유키는 뭘 해도 평균 이상은 했다. 어째선지 스트라이크 삼진을 당해도 배트 스윙 폼만은 아름다웠고, 마찬가지로 댄스도 돋보였다.

반리 역시 음악에 몸을 맡기고, 스텝 밟는 것을 즐겼다. 음색을 쌓아가는 밴드 활동과는 또 다른 즐거움이 그곳에 있었다.

눈빛을 나누고, 서로의 손발을 교차하고, 노래하며 춤을 췄다.

학원제 당일 무대에서는 푸른 하늘 아래 관객의 미소도 선명하게 보였다.

'아······.'

반리는 춤을 추면서 유키가 관객석을 자주 보고 있는 사실을 깨달았다.

그는 기타를 칠 때 연주에 너무 몰두해서 이상적인 연주를 하지 못하면 신경질적인 모습을 공공연하게 드러내고는 했다.

그런 유키가 어떨 땐 표정까지 부드럽게 풀고 편하게 노래하고 있는 것이다.

'이거 꽤 괜찮은데?'

아이돌로 전향하자는 마음이 생긴 건 그때가 처음이었다.

턴을 하며 유키와 반리의 눈이 마주쳤다. 유키는 민망한 듯 웃었다. 그렇게 불평했으면서 즐기고 있는 자신이 부끄러웠던 모양이다.

그거면 되는 거 아닌가, 하고 반리는 웃었다. 즐겨야 해. 나도, 유키도, 관객도.

진지하게 곡을 만들고, 진심으로 연주를 하며, 온몸으로 노래해 왔다. 관객도 그렇다. 진지하게 즐기며 진심으로 좋아해 주었다.

그런데 아무도 노래를 들어주지 않는 기분이 들었던 건 유키 마음속에서 곡을 다 만들지 못했기 때문이다. 환호성도, 주석도 필요 없다. 아직 이르다. 아직 미완성인 채로 이곳에 있으면 그의 손을 떠난 곡이 혼자 일어나 봄바람처럼 멀리 달려나간다. 객석과 유키와 반리 사이에서 경쾌하게 춤을 춘다.

Re:vale의 무대가 끝나자 찢어질 듯한 박수갈채가 푸른 하늘을 뚫고 퍼져나갔다.

아이돌로서 활동을 시작한 Re:vale는 점점 더 평이 올라갔다.

반리가 고3이 된 이듬해, 두 사람은 함께 새해 참배를 하러 갔다. 설 연휴는 지났지만, 관광명소인 신사를 방문하는 참배객은 아직도 많았다.

본전의 새전함으로 향하면서 반리는 유키에게 말했다.

"졸업하면 도쿄로 갈 거야."

"뭐……?"

유키는 깜짝 놀란 얼굴을 했다.

"저쪽에 거점이 있는 게 활동하기 쉽잖아. 막차 놓치면 자고 가도 되고."

"그렇지만……."

"내년이 되면 너도 와. 바로 본격적인 활동을 할 수 있게 준비해둘게."

유키는 침울하게 눈을 내리깔았다. 하품이 나올 만큼 오랫동안 반응을 기다리던 중 불쑥 유키가 중얼거렸다.

"멀리 가버리면 지금처럼 바로 볼 수가 없잖아."

달리 친구가 없는 유키는 쓸쓸했을 것이다. 반리는 유키의 어깨를 두드리며 웃어넘겼다.

"고작 1년인데 뭐. 꼭 데뷔할 수 있게 해줄게."

그건 반리 자신에게 하는 맹세이기도 했다.

유키를 음악으로 먹고살 수 있게 하자. 자신만이 할 수 있는 일이라고 생각했다.

실제로 누군가에게 배운 것도 아닌데 반리는 기획을 세우고, 스케줄을 짜고, 홍보를 하는 것에 뛰어났다. 그는 관리에 철저하면서도 행동파였고, 절약가이면서도 투자를 아끼지 않는 대범함이 있었다. 사교적이며 친절한 반면, 조심성 많고 이롭지 않은 사람들과 손절하는 냉혹함도 있었다.

최근엔 Re:vale의 운영에만 너무 몰두해서 작곡을 거들기 바라는 유키가 불평을 늘어놓을 정도였다. 장래를 생각하면 그 것도 괜찮지 않나, 라는 생각이 들었다. 유키 혼자 노래하고, 자신은 서포트를 하는 것이다.

그편이 유키를 빨리 자유롭게 만들어줄 거라고 생각했다. 서 툰 유키의 성정을 잘 아는 반리는 조금이라도 빨리 그를 음악 안에서 마음껏 뛰어놀 수 있게 해주고 싶었다. 유례없이 무뚝뚝한 사람은 사랑받지 못하지만, 유례없이 무뚝뚝한 뮤지션은

사랑받는다.

"발원하는 게 뭐야?"

반리가 생각을 하고 있던 도중, 불쑥 유키가 물었다. 참배객
의 대화를 들은 모양이다.

"소원을 이루기 위해 자기 행동을 제한하는 거. 술을 끊거나,
계속 뭔가를 몸에 지니거나, 머리를 기르거나 하는 거지."

"머리를 기르는 건 금욕이 아니지 않아?"

"머리 못 자르는 거 싫지 않아. 새해인데 뭔가 발원해 볼래?"

"내 소원은 내가 이룰 거야. 그런 주문 같은 건 필요 없어."

유키다운 대답에 반리는 웃었다. 고개를 숙이고 유키는 입김
으로 손끝을 데웠다.

"만약 발원한다면 내가 혼자서는 못 이루는 소원이겠지."

"하긴. 신에게 도와달라고 부탁하는 거니까 그렇겠네."

반리는 주머니에서 동전을 꺼내 새전함에 던져 넣었다. 쩽그
랑하는 소리와 함께 동전은 새전함으로 빨려 들어갔다.

손을 모으고 새해 소원을 빌었다. Re:vale가 성공하게 해주
세요. 유키가 문제를 일으켜 상처받지 않게 해주세요. 여자친
구가 생기게 해주세요. 그리고 이번엔 제발 상대가 바람나지

않게 해주세요.

'저와 유키가 앞으로도 계속 Re:vale다운 좋은 노래를 부를 수 있기를.'

"유키, 뭐 빌었어?"

"반이 나한테 너무 화내지 않게 해달라고."

"화낼 짓을 안 하면 되지. 앗, 떡꼬치 판다. 저거 먹자. 유키는 뭐 먹을래?"

"난 완두떡."

"난 인절미!"

모든 게 순탄해 보였다. 순조롭게 진행하기 위해 반리도, 유키도 노력을 아끼지 않았다.

꿈으로만 끝내지 않기 위해 필사적으로 손을 뻗으며 계속 달려갔다.

그런 열정이 생겨난 건 서로가 있었기 때문이다. 처음 만난 순간부터 변함없이 반리는 유키가 좋았다. 섬세하면서도 격렬한, 음악 없이는 살아갈 수 없는 천재.

그런데 어디서부터 잘못된 것일까.

통찰력이 뛰어난 반리가 간과한 게 있었다.

반리의 보호 아래 살아온 유키는, 음악이 없으면 살아갈 수 없는 유키가 아니라, 어느 틈엔가 반리 없이는 살아갈 수 없는 유키가 되고 만 것이다.

　무대 위에 피 웅덩이가 고였다.

　이마에서 흐르는 피는 미지근하고, 대량이었다. 격통이 치닫자 시야가 암전되었다. 극심한 통증에 시력을 잃은 것이다.

　그럼에도 의식은 또렷했다. 이럴 땐 보통 기절하거나, 통증을 느끼지 못해야 하는 거 아닌가? 욕설이 나올 것 같은 상황에 반리는 비명을 꾹 눌러 참았다. 이를 악물고 부들부들 몸을 떨며 웅크린 채로 계속 되뇌었다.

　"괜찮아······ 괜찮아."

　들어본 적 없는 비통한 목소리로, 유키가 자신의 이름을 부르고 있었기 때문이다.

　"반······! 반······!"

　몇 분 뒤, 반리는 기절했다.

　눈을 떴을 때도 여전히 유키의 노성이 울려 퍼지고 있었다. 그래서 처음엔 일주일이나 의식불명이었다는 사실을 믿지 못했다.

"……왜 내가 들어갈 수 없는 건데?! 당신들보다 내가 더 반이랑 가까운 사이라고!"

"여기서 당장 나가! 너 같은 애랑 어울려 다니니까 반리가 대학도 안 가고 이런 일을 당한 게 아니냐!"

또 다른 노성은 아버지의 것이었다.

머릿속이 새하얘졌다. 천천히 반리는 눈꺼풀을 들었다. 낯선 천장과 새하얀 방. 그리고 눈물 젖은 눈을 크게 뜬 새어머니가 보였다. 숨을 삼키고 그녀가 소리쳤다.

"반리 군……! 여보!"

"반!"

바로 다음 보인 건 유키의 얼굴이었다.

순간 누군지 못 알아봤을 정도로 유키의 몰골은 말이 아니었다. 여윈 데다가, 지독한 다크서클에, 눈은 퉁퉁 붓고 코끝도 새빨갰다. 그 모습을 보니 가슴이 찡하니 아파왔다. 유키가 달려든 충격으로 침대가 격하게 삐걱댔다. 머리에 통증이 내달린다. 여전히 서툰 녀석이라며 반리는 슬며시 웃었다.

그리고 또 의식이 끊겼다.

다음에 눈을 떴을 땐 가족이 있었다. 그다음엔 유키가 있었

다. 유키 근처에 누군가 있었던 것 같지만 잘 기억나지 않았다.
그리고 며칠 뒤에는 친구들이 병문안을 왔다. 친구들은 매번
한도 끝도 없이 우는 유키를 대신해 사소한 근황들을 알려주었
다.

"그 왜, 좀비 영화 보면 나오잖아. 머리에 도끼 찍힌 채 돌아
다니는 녀석. 그런 느낌으로 여길 찔렸었다니까. 살아서 다행이
야……."

"실명하지 않아 다행이다……. 팬들이 엄청 걱정했어. 빨리
나아."

"너 의식 없는 동안 유키가 네 부모님이랑 얼마나 싸운 줄 알
아? 나중에 사과하는 게 좋을 거야."

"얼굴에 흉이 남는다던데 진짜야……? 아이돌 계속할 수 있
겠어……?"

"오카자키 사무소의 오카자키 린토입니다……. 죄송합니다.
사장님이 이번 데뷔 얘긴 없던 일로 하자고……. ……제 힘이
부족해 죄송합니다……."

"유키? 말도 마. 밥도 안 먹고, 잠도 안 잔 모양이야. 아마 지
금은 괜찮을걸? 계속 그 사람이 돌봐줬으니까."

"누구냐니, 그 왜 음악 프로듀서 있잖아……. 아, 그래. 쿠죠 씨!"

그 이름을 들은 순간 온몸이 얼어붙었다.

쿠죠에 대해선 반리도 익히 알고 있었다. 유키를 전설의 아이돌, 제로의 후계자로 만들려 했던 불길한 남자다.

유명 프로듀서인 그의 밑에서 데뷔한다면 Re:vale는 유명해질 수 있는 찬스를 얻게 된다. 하지만 반리와 유키는 그가 마음에 들지 않았다. 그는 제로 대신 자신들을 지배하려 했으니까.

'왜 유키가 쿠죠랑 같이 있는 거지……?'

불길한 예감이 등줄기를 오싹하게 만들었다. 다음에 유키가 오면 자세히 물어보자고 생각하던 차에 유키가 쿠죠와 함께 병실로 찾아왔다.

"반, 몸은 좀 어때?"

"……왜 쿠죠랑 같이 있는 거야?"

경악한 반리가 물었다. 유키는 말하기 어려운 듯 어색하게 쿠죠를 돌아보았다.

그렇게 혐오하던 상대인데 어째서인지 유키의 눈빛에는 신뢰

가 느껴졌다.

"집에 내려가면 병원에 다니기 힘들어서 이 사람의 집에 묵고
있어."

"어째서⋯⋯."

"반이 의식이 없었을 때, 병원 사람들이랑 반의 가족한테 깨
어나면 연락을 달라고 했어. 그런데 모두가 안 된다고 하더라.
그래서 줄곧 병원에 있었는데 밤에는 쫓겨나니까⋯⋯."

서툴게 설명하는 유키의 어깨를 감싸 안고, 쿠죠가 미소를
지었다.

"그렇게 지내다간 유키마저 쓰러질 것 같아서 말이지. 유키를
데려가는 대신 내게 연락을 주기로 교섭을 했거든."

"병원이랑 너희 가족 모두 나한텐 안 된다더니 이 사람은 괜
찮대."

"명함의 힘이지."

사이좋게 대화를 하는 쿠죠와 유키를 보고 반리는 소름이
돋았다. 왜 이런 녀석에게 마음을 허락한 거냐고 소리 지르고
싶은 것을 꾹 눌러 참았다.

유키는 반리 외에 친구가 없다. 가족도 방임주의라 서로 뭘

하는지 모른다.

쿠죠는 파트너인 반리가 중상을 입어 상심해 있을 때를 파고 든 것이다. 지금도 아버지처럼 인자한 미소를 지으며 유키를 살 피고 있었다.

"유키, 그 얘기는?"

"그건…… 반이랑 둘이 할 거야. 잠깐 나가 있어."

"그래."

생글거리며 고개를 가볍게 끄덕인 쿠죠는 병실을 나갔다. 머 리에 피가 몰려서 관자놀이가 욱신거렸다. 목소리가 거칠어질 것 같아 반리는 심호흡을 하고 신중하게 유키를 바라봤다.

"……그 얘기란 게 뭐야, 유키."

유키는 말하기 힘든 듯 입을 다물고 있었다. 초조해져서 반 리가 재촉했다.

"말해, 유키!"

"……쿠죠네 회사에서 데뷔하자. 반의 얼굴에 난 상처, 수술 비도 다 내주겠대."

"그게 무슨 소리야?!"

"얼굴에 상처가 있으면 곤란하다고 했잖아. 우리를 버린 오카

자키 사무소 녀석이. 쿠죠는, 쿠죠 씨는 전부 다 돌봐주겠대. 쿠죠 씨, 나쁜 녀석인 줄 알았더니 그렇지 않더라. 반을 걱정해 줬어. 반의 노래가 듣고 싶다면서."

"그걸 믿어? 그건 널 구슬리기 위한 거짓말이야!"

"거짓말이 아냐! 다들 반의 노래를 좋아해. 반을 좋아한다고."

유키는 슬픈 듯 얼굴을 일그러뜨리고, 슬며시 반리의 얼굴로 손을 뻗었다. 붕대가 감긴 머리에 닿기 직전, 손끝은 힘없이 말려들었다.

"……반의 얼굴에 상처 따위 남게 하지 않을 거야."

떨리는 유키의 목소리는 너덜너덜하게 상처를 입은 채였다.

반리는 망연하게 유키를 응시했다. 괜찮아, 어떻게든 될 거야. 그런 평소의 위로로는 닿지 않을 정도로 유키는 깊은 어둠 속에 잠겨 있었다. 울 것 같은 얼굴을 숨기고, 유키가 씁쓸하게 웃었다. 무리해서 웃는 유키를 향해 반리는 고래고래 소리를 지르고 싶었다.

유키가 억지로 웃는 일 없이 살아갈 수 있게 해줄 생각이었다.

그런 유키가 왜 반리 앞에서 억지로 웃고 있는 걸까?

"괜찮아. 그동안은 반한테 폐만 끼쳤지만, 앞으로는 내가 반을 돌봐줄게."

"유키……."

"나한테 맡겨."

반리의 손을 잡으며 유키는 안심시키려는 듯이 웃었다. 상처가 아픈 것도 잊고, 반리는 격렬하게 고개를 흔들었다

"다시 생각해! 쿠죠는 싫다고 했었잖아?!"

"그 정도뿐이야! 반은 나를 감싸느라 다쳤어!"

유키의 고함에 반리는 숨을 삼켰다. 입을 꾹 닫고, 어깨를 떨면서 유키는 눈물을 참고 있었다.

좋은 노래가 만들어지길 바랐던 그 한결같은 눈빛으로, 유키는 노래를 팔아넘기겠다고 반리에게 말하고 있었다.

"……반이 무사해서 다행이야……. 그거면 됐어. 반한테 무슨 일이 있었다면 어차피 노래는 못 불렀을 거야. 어디서 데뷔하든 나한텐 똑같아."

"……잠깐만, 유키……."

"앞으로의 일은 걱정 마. 내가 책임질게. 평생 동안."

죄책감과 사명감에 사로잡힌 유키의 모습에 눈앞이 캄캄해졌다.

"……네가 남이 시키는 대로 노래할 수 있을 리가 없잖아."

헛소리를 하듯 중얼거리는 반리에게도 유키는 조용한 결의를 숨긴 채 고개를 흔들 뿐이었다.

"반을 위해서라면 할 수 있어."

그 순간 이마에 중상을 입었을 때보다 더 날카로운 통증이 반리의 심장을 관통했다. 언제까지나, 언제까지나 유키가 자유롭게 노래하길 희망했다.

서툴러도 솔직하게, 정열적으로 음악을 사랑하는 그의 영혼을 사랑했다.

그 영혼을 지켜주려던 자신이 영혼을 빼앗는 존재가 되어버릴 줄은 꿈에도 생각하지 못했다.

"계속 함께 노래하자, 반……."

무엇을 팔아넘기려 하는지도 모른 채 유키는 애처롭게 웃었다.

유키가 떠난 병실에서 어둠에 둘러싸인 반리는 망연히 중얼거렸다.

"……대체 왜……."

어째서 이렇게 된 거지?

유키가 남에게 노래를 지배당하며 살아갈 수 있을 리 없어. 곡이 완성되지 않는 것만으로도 그렇게 절망을 했는데.

음악은 유키의 영혼 그 자체다.

바보 자식, 작은 소리로 욕을 하자 폐 안쪽이 떨려왔다. 시트를 꽉 움켜쥐고 반대쪽 손등으로 입술을 짓눌렀다. 오열을 억누르며 반리는 고개를 저었다.

아니야. 유키는 잘못 없어.

잘못한 건 나다.

유키를 혼내면서도 마음속으로 생각했다. 있는 그대로의 유키면 된다고, 자신만 이해하면 된다고, 무슨 일이 있어도 자신이 곁에 있어 주면 된다고.

유키와 세상을 잇는 역할에 최선을 다하는 척하면서 자신에게 기대는 유키의 눈빛에 기분이 좋았다. 기뻤다. 처음부터 허락해버리고 말았던 것이었다.

고고한 유키가 무언가를 결정할 때마다 자신을 돌아보게 되

었다는 걸 알아챘으면서도.

—반은 그거 하고 싶어?

—반이 하고 싶으면 할게.

—어떡하면 좋지? 반.

언제나 유키는 자신에게 의지하며 노래를 해왔다.

그런 유키가 좋았다.

깊게 숨을 들이쉬고, 밤의 어둠 속으로 뱉어냈다. 망령을 째려보듯이 반리는 병실의 벽을 뚫어져라 노려봤다.

유키는 무조건적으로 반리를 믿었다. 반리가 쥐여주는 미래는 옳고, 반리 옆에 있으면 행복해질 것이라 믿어 의심치 않았다. 그 신뢰에 지금이야말로 보답할 때다.

반리가 고독하게 만들어버린 유키는 지금 인질로 잡힌 유일한 친구를 위해 음악을 팔려고 한다. 그렇다면, 인질이 사라지면 된다.

자신이 유키의 족쇄가 되는 건 절대 사양이다. 그러려고 노래를 해온 게 아니다.

유키가 유키답게 노래할 수 있길 바랐기 때문에 옆에 있었던 것이다.

설령 유키 옆에 있을 수 없게 된다 해도 이 바람이 변하는 일은 없을 것이다.

하늘이 무너지고, 바다가 갈라지고, 세상에서 소리가 사라진 다 해도.

영원히.

그렇게 오오가미 반리는 유키의 앞에서 모습을 감췄다.

유키랑 같이 살던 도쿄 집에 유키에게 쓴 편지와 Re:vale로 활동했던 자금을 두고 왔다. 석 달 후면 집 계약도 끝나기 때 문에 업자가 짐을 처분하러 오도록 조치도 해놨다.

자신이 없어지면 쿠죠의 세뇌에서도 벗어나게 되겠지. 반리 를 잃은 유키는 반리가 다쳤을 때보다 더 아픈 얼굴로 울지도 모른다.

이제는 옆에서 위로해 줄 수 없지만, 언제 어디서든 유키가 행복하길 기도한다. 유키의 강인함을 믿는다.

경험한 적 없는 슬픔의 바닥에서 유키는 미래를 선택할 것이 고, 노래를 부르게 될 것이다. 노래하지 않고는 견딜 수 없는

영혼을 절망과 고독 속에서 되찾을 테니까.

혼잡한 인파 속을 걸으면서 반리는 아주 잠깐 뒤를 돌아보았다. 가슴이 찢어질 것 같은 아픔에 움직일 수가 없었다. 격하게 치미는 오열에 숨이 막혔다.

꿈에 그리던 사랑스러운 미래는 그저 허상이 되어버렸다. 마음속으로 말을 건넨다. 유키, 함께하고 싶었어. 제일 가까이서 유키의 노래를 듣고 싶었어.

하지만 내가 선택한 길을, 지금은 걸어갈게.

아직은 조금, 어딘가에 두고 온 기분이 욱신거린다. 분명 몇 번이고 떠올리겠지. 밤새 떠들고 난 새벽녘을. 눈부신 회색 하늘 아래에서 보았던 만족스러운 미소를. 막차에서 서로의 어깨에 기대어 졸던 기척을.

푸른 하늘 아래에서 둘이 함께 춤췄던 스텝을.

둘이 함께 꿈꿔왔던 날들을.

제멋대로에, 삐딱하고, 외로움을 많이 타는 친구. 가리는 게 많고, 잠투성이 심하고, 여자관계도 나빴다. 그러나 누구보다 음악을 사랑하고, 누구보다 자신을 필요로 했던 친구를 선명하게 몇 번이고 떠올릴 것이다.

앞으로 어떡하지? 반리는 홀로 울다가 웃었다. 우선은 있는 힘껏 슬픈 노래를 부르자. 그리고 Re:vale의 노래를.

그런 다음 슬픔이 아물면 행복해질 준비를 하자.

언젠가 유키가 성공해서 자신을 찾아냈을 때 자신이 불행하면 분명 상냥한 그 애는 신경을 쓸 테니까.

다시 만난 순간에 마주 보고 웃어줄 준비를 해두자. 후련해지고 싶다고 하면 후련해지게 해주자.

그건 헌신도, 희생도, 기만도 아니고, 허세도 뭣도 아니었다.

그 눈부신 무대에서 바라본 관객석의 미소에 자연스레 얼굴이 풀어졌던 것처럼,

그저, 그저 좋았던 것이다.

천고불마

전한 적은 없지만, 유키는 반리가 정말 좋았다.

반리는 유키를 이해해 줬고, 음악관계든 대인관계든 뭐든 도와주었다. 이래저래 불평해도 마지막엔 자신의 편이 되어주었다. 고등학교 때부터 줄곧 함께였고, 반리가 상경한 뒤로도 본가에 있는 것보다 도내에 있는 반리 집에 있을 때가 더 많았다.

유키는 부모님과 사이가 나쁘진 않았지만, 부모님도 유키랑 비슷한 유형이라 자기 관심사에만 바빠서 타인이 끼어들 틈이 거의 없는 분들이었다. 과거 재즈 피아니스트였던 아버지는 재즈 카페를 운영하면서 손님보다 신보 모으기에 열중한 무뚝뚝한 남자였고, 어머니는 연령 미상의 미녀였는데, 무슨 컨설턴트 관련 고문을 맡느라 거의 집에 없었다.

방임 가정에서 자란 유키는 반리와 지내는 게 새롭고 마음이 편했다. Re:vale가 성공하면 반리에게 엄청 큰 선물을 하자. 반리의 결혼식에 가면 울지도 몰라. 반리의 장례식은 견디지 못할 테니 내가 먼저 죽는 게 낫겠어. 유키의 모든 인생계획 속엔 당연하다는 듯이 반리가 자리했다.

그런 걸 굳이 말하지 않아도 알 거라고 생각했다.

'유키답게, Re:vale답게 노래할 수 있는 곳을 찾아가.'

방에 남겨진 반리의 편지를 읽어도 유키는 도무지 반리의 실종을 이해할 수가 없었다.

'……그래서 지금 어디 있냐고.'

간신히 이해하게 된 건 반리의 가족에게 욕을 먹고, 반리의 친구들에게 질문 공세를 받으며, 쿠죠에게 이런 말을 들었을 때였다.

"사라진 건가. 어쩔 수 없군. 유키, 자네만이라도 데뷔하지."

또다시 그 말을 이해하지 못한 채로 유키는 고개를 저었다. 유키에게 Re:vale는 반리와 함께하는 두 사람의 그룹이라 어느 하나가 빠지면 당연히 움직일 수 없는 것이었다.

"무슨 소리야? 반을 찾아야지. 상처도 아직 다 낫지 않았는데……."

"유키 혼자도 노래할 수 있어. 자네 하나면 충분해. 제로를 뛰어넘는 아이돌로 만들어주지."

"……반의 노래가 좋다고 했잖아."

쿠죠는 웃기만 할 뿐 대답하지 않았다.

유키는 할 말을 잃었다. 필사적인 목소리로 반리가 자신에게

했던 말이 떠올랐다. '그걸 믿어? 그건 널 구슬리기 위한 거짓말이야!'

반리는 쿠죠 밑으로 들어가려는 유키를 말리기 위해 사라진 것이다.

심해 속으로 가라앉을 것 같은 절망이 유키를 덮쳤다. 유키는 서 있지 못하고, 반리의 방에 털썩 주저앉았다.

쿠죠는 몸을 굽히고 친절해 보이는 미소를 지었다.

"괜찮아, 유키. 앞으론 내가 옆에 있어줄게. 제로를 대신할 전설이 되자. 자네라면 할 수 있어."

"……반이 없으면 노래할 수 없어……."

"할 수 있어. 왜냐면 유키는……."

"못 부른다고! 다신 안 부를 거야! 노래 같은 건 이제 아무래도 좋아!"

쿠죠는 미소를 거두었다. 얼굴을 가린 채, 유키는 쓰러져 울었다.

"……반이 없으면 아무런 의미도 없는데……."

조용한 방에 시계 초침 소리와 유키의 울음소리만이 울려 퍼졌다. 쿠죠는 곤혹스러운 얼굴을 하고, 유키를 계속 설득했다.

노래하자. 제로가 될 수 있어. 제로 이상이 될 거야.

갑자기 유키는 화가 치솟아 방에 있던 물건들을 쿠죠에게 던지기 시작했다. 끈질긴 쿠죠에 대한 짜증과, 모습을 감춘 반리에 대한 분노로 마구 소리를 지르며 쿠죠를 쫓아냈다.

"시끄러워! 당장 나가……!"

머리카락을 흩날리며 쿠죠는 등을 돌렸다. 그 얼굴은 잘 보이지 않았다.

"정말 유감이구나, 유키……."

무척이나 슬픈 듯이 읊조린 뒤, 쿠죠는 웃었다.

"이것 봐. 제로를 뛰어넘는 인재는 없다고 했지?"

대체 누구를 향해 한 말일까. 피가 거꾸로 솟은 유키는 기타 케이스를 던지려고 했다.

하지만 그러지 못했다. 반리가 없으면 기타를 부수는 것도 할 수 없었다. 유키는 자신의 한심함을 깨닫고 오열했다.

쿠죠는 조용히 방을 나갔다. 그 뒤로 그가 유키 앞에 모습을 드러내는 일은 없었다.

반리의 실종 이후의 기억은 애매하다. 반리를 찾아 온갖 곳을 헤맸고, 온갖 사람과 싸웠다. 여유를 잃은 유키는 사람들에게 닥치는 대로 화풀이를 했고, 유키를 동정해 주던 사람들에게조차 상처를 입혀서 그들을 화나게 만들었다. 흠씬 두들겨 맞고, 그대로 길에 버려질 때도 있었다.

사라진 반리를 생각하고 있자니 갑자기 맹렬하게 화가 치밀어 올라서 오오가미 반리 살인계획을 공책에 적기도 했다(훗날 모모에게 들켜 대판 싸웠다). 반리가 자살한 것 같은 기분이 들어서 그 뒤를 따라가기 위해 유서를 쓴 적도 있었다.

엉망진창인 하루하루를 보내고 있던 유키에게 달라붙는 건 상실감과 무력감뿐이었다. 반리의 집에서 그를 기다리는 동안 점점 슬픔에도, 절망에도, 고독에도 지쳐버렸다.

모모를 만난 건 그런 때였다.

"유키 씨……."

누구에게 들었는지 모모가 반리의 집으로 찾아왔다. 슬퍼하며 걱정스러워하는 모모의 얼굴을 본 순간 유키는 이 세상에서 사라지고 싶어졌다.

지금 만나고 싶지 않은 사람 1위를 꼽는다면 두말할 것 없이 바로 이 녀석일 것이다.

그가 싫어서가 아니다.

그가 자신들의, Re:vale의 팬이었기 때문이다.

반려를 잃고 노래하길 멈춘 자신의 모습을 그에게만은 보이고 싶지 않았다.

모모를 처음 알게 된 건 그의 팬레터가 계기였다.

서툰 문장에서 그의 성실함과 열렬한 마음이 전해져왔다. 유키는 감격스러워하며 나열된 말들에 도취되었다. 인생을 바꿔준 라이브. 날 구해준 노래. 세계 최고의 멜로디.

이런 식으로 소중히 자신의 노래를 받아들여 준 사람이 있었을 줄이야. 관객의 심미안을 믿지 못했던 유키에게 그것은 충격적인 사건이었다.

그 뒤로 자연스럽게 유키의 의식은 팽팽해졌다. 그 팬레터의 주인이 라이브에 와있을지도 몰라. 기분 나쁜 얼굴을 하거나 지루해 보이는 얼굴을 하면 실망할 거야.

그렇게 등을 쭉 펴고 관객석을 바라보니 무관심했던 공간이 전부 멋진 광경으로 보였다. 함성에 응해 손을 흔드는 것도 싫지 않았다.

팬레터 주인과의 만남은 극적이었다.

당시 뭐든 트집을 잡아 Re:vale에게 시비를 걸어오던 아티스트 그룹이 있었는데, 그 그룹의 여성 보컬이 유키에게 홀딱 반해 있었다. 잘 기억나지는 않지만, 데이트 정도는 했을지도 모르겠다.

하지만 그녀는 결국 유키에게 차이고, 상심한 나머지 시골로 돌아가 버렸다. 그 때문에 그들은 예정되어 있던 크리스마스 공연을 하지 못하게 되었다. 보컬과 이벤트를 뺏긴 분노를 폭발시킨 그 그룹이 크리스마스 이브 날 Re:vale의 무대에 난입한 것이다.

'피의 이브'란 이름으로 전해져 내려오는 전설적인 라이브였다.

무대에 있던 반리도, 유키도 순간 무슨 일이 일어났는지 알지 못했다. 상대 남자가 고성을 질렀고, 객석에선 비명이 터졌다. 반리는 즉시 유키의 목덜미를 잡고 피난시켰다.

나중에 반리는 말했다.

"내 입으로 이런 말 하기도 그렇지만, 난 온후한 성격에 원만하게 살아왔기 때문에 보자마자 유키가 원인이라는 걸 알았

지."

유키는 뭐가 뭔지 모른 채 뚱해 있었다. 한창 기분 좋게 노래하고 있었는데 방해를 받은 것이다. 그러다 이성을 잃은 상대의 얼굴을 보고서야 비로소 '이거 좀 위험할지도', '무서운데'라며 긴장하기 시작했다.

그때였다.

씩씩하게 무대에 등장한 검은 그림자가 두 사람을 보호하듯 막아선 것은.

그 장면을 유키는 선명하게 기억한다. 눈부신 조명을 받고 선 실루엣. 존재감에 압도되어 순간 고함도, 비명도 들리지 않았다. 마치 영화 속 히어로처럼 그 사람은 남자들을 때려눕히고, 용감하게 자신들을 지켰다.

'누구지?'

피와 땀범벅이 되어 싸우는 용사. 하지만 그는 적에게 너무나도 가차 없었다. 정신을 차린 반리와 유키가 당황해서 황급히 말릴 정도였다.

"그만! 이제 괜찮으니까 그만해!"

반리의 제지에 거친 숨을 몰아쉬며, 용사가 그들을 돌아봤다.

유키는 그 얼굴을 알고 있었다. 라이브에 자주 오는 남자아이 팬이었다. 지금은 폭력사태에 흥분해서 핏발이 선 눈을 하고 있지만 객석에 있을 때의 그는 올곧고, 순수한 눈동자가 인상적이었다.

아는 사람에게 그가 축구부란 얘기를 들었던 반리와 유키는 그를 이렇게 불렀다.

"캡틴……."

"캡틴이었구나……."

"……네?"

상대의 피를 뒤집어쓴 모모가 어리둥절해하며 눈을 깜빡였다.

그날 이후로 그의 별명은 캡틴에서 광견이 되었다.

"Re:vale의 라이브를 방해해서 정말 죄송했습니다!"

라이브는 결국 중지가 되었고, 조금 전의 광견 같았던 모습이 사라진 모모는 두 사람에게 사죄했다. 혹시 몰라 수첩에 이름과 연락처도 받았다. 그때의 글씨체를 보고 그가 팬레터를 보내준 아이라는 걸 알게 됐다.

유키는 매우 감격했다. 이렇게 용감하고, 주먹이 세고, 고등학교 축구부에서도 활약하는 히어로가 자신의 팬이라니.

가슴이 뿌듯하고 자랑스러웠다. 편지에 쓰여 있던 것 같은 찬사를 듣고 싶어서 유키는 사사건건 모모에게 말을 걸었다. 직접 듣고 싶었다. 인생을 바꾼 노래. 최고의 곡. 감동적인 라이브……

하지만 모모는 유키가 다가갈 때마다 이렇게 말할 뿐이었다.

"유키 씨! 오늘도 잘생겼어요!"

유키는 맥이 빠졌다. 이래선 다른 여자들이랑 다를 게 없지 않은가.

이 방법, 저 방법을 다 동원해 유키의 가슴을 떨리게 했던 감상을 듣고 싶었지만, 모모는 환호성을 내지르거나 황송해하며 도망치거나 둘 중 하나였다. 낙담한 유키는 반리에게 투덜거렸다.

"그렇게 멋진 편지를 줬으면서 모모 군은 나한테 잘생겼다는 소리밖에 안 해……. 그 팬레터는 모모 군이 아니었던 걸까?"

반리는 미소 지었다.

"바보, 모모 군 맞아. 그러는 유키는 어떤데? 너도 과묵하고,

말이 서툴잖아.”

그 말에 유키는 깜짝 놀랐다. 타이르듯 반리는 다정하게 속삭였다.

“말이 서툰 네가 곡에 생각을 담아서 노래하는 거랑 똑같아. 관객도, 모모 군도 그냥 단순히 소리만 지르는 게 아냐. 전하고 싶은 말 대신 우리 이름을 외쳐주는 거라고.”

확실히 그럴지도 모른다.

자신은 고마움도, 미안함도 잘 전하지 못한다. 그 대신 온몸으로 노래를 하고 있다.

모모 군의 ‘잘생겼어요!’와 여자들의 ‘유키!’란 연호가 자신의 음악을 무시하는 것 같아 상처받았었다. 하지만 그게 아니었던 건지도 모른다.

이미 자신의 음악은 사랑을 받고 있었던 것이다.

모모와 반리가 소중한 걸 깨닫게 해주었다.

그리고 유키의 세계는 뒤바뀌었다. 관객이 좋아졌고, 새된 함성에도 인상을 찌푸리지 않게 되었다. 오히려 다정하게 웃을 때도 있었다.

유키의 변화에 반리도 기뻐했다. 라이브 분위기가 좋아지고,

Re:vale의 인기는 점점 더 올라갔다. 몇 군데의 예능 사무소에서 스카우트 제의도 들어왔고, 이제 막 날아오르려던 찰나였다.

그때 그들의 운명을 뒤바꾼 조명 낙하 사고가 일어났다.

모모가 보는 앞에서 반리가 큰 부상을 입었고, 끝내는 행방불명이 되어버렸다. 그리고 유키는 꿈을 포기하고, 노래하기를 그만둬버렸다.

오랜만에 만난 모모 앞에서 유키는 눈을 내리깔았다.

지금 당장 모모가 사라지거나, 자신이 사라지길 바랐다. 하지만 둘 중 누구도 사라지는 일 없이 그저 우두커니 서 있을 뿐이었다.

긴 침묵을 견디다 못한 모모가 작은 소리로 물었다.

"노래를 그만두신다는 게 사실인가요······?"

슬픈 모모의 목소리가 유키의 가슴 깊이 박혔다.

자신의 노래에 감격하고, 자신을 구해줬던 히어로. 모모 앞에선 자랑스러운 모습으로 있고 싶었다. 언제까지나 그의 자랑이 될 수 있게 노래하고 싶었다.

그랬는데 지금의 유키는 모든 걸 잃고, 그의 기대에 무엇 하나 응해줄 수가 없었다.

모모와 무슨 대화를 나눴는지는 거의 기억이 나지 않는다. 한심한 모습을 보이고 싶지 않아서 심한 말을 하고 그를 내쫓았다.

모모는 자신에게 실망했겠지. 이제 두 번 다시는 최고의 노래란 말도 안 해줄 거야.

'이걸로 모든 게 끝이야…….'

그날 밤은 마음이 갈기갈기 찢기는 것처럼 길게 느껴졌다. 반리가 남긴 집에서 절망에 휩싸인 채 아침이 오지 않길 간절히 바랐다.

그랬는데 아침 햇살은 변함없이 상냥하게 창문을 두드렸고, 모모도 유키의 앞에 다시 모습을 드러냈다.

"왜……."

자신을 만나러 온 모모에게 유키는 경악했다. 모모는 유키가 몇 번을 쫓아내도 다시 찾아왔다. 다음 날도, 그다음 날도 같은 말을 전하기 위해.

"다시 한번 노래해 주세요! 부탁드립니다!"

모모는 유키의 기가 꺾일 정도로 고집스럽고, 막무가내였다. 예의 바르고, 유키만 보면 쩔쩔매던 아이가 이젠 물고 늘어질 기세로 유키에게 호소하고 있었다.

노래를 그만두지 말아 주세요. Re:vale를 끝내지 말아 주세요.

포기했던 꿈을 떠올리면 유키는 괴로워졌다. 하지만 마음 한편에선 눈물 날 만큼 기쁘기도 했다. 노래해 주길 바라는 목소리에 구원을 받으면서도 반리를 잃은 아픔을 치유하지 않고 있었다.

반리를 잃은 유키는 꿈도, 친구도, 열정도 다 잃었다. 가슴에 뚫린 커다란 구멍은 바람이 지나가는 것만으로 저릿저릿 아팠다.

하지만 숨만 쉬는 게 고작이었던 유키의 커다란 구멍을 모모는 불도저로 땅을 메우듯이 열심히 말로 메워나갔다.

혼자 노래하고 싶지 않다면 자신이 같이 노래하겠다고 했다. 반리를 대신할 사람은 없다고 하니 5년 만이라도 상관없다고 했다.

계속 노래해요. 계속 노래하면서 반리를 찾아요.

필사적으로 모모가 반복한 말들은 전부 유키의 바람이었다.

진지한 팬레터로 유키에게 용기를 주었듯이 모모는 다시금 유키에게 음악에 대한 애정과 긍지를 되살아나게 해준 것이다.

그리하여 유키는 모모와 함께 다시 한번 Re:vale를 시작하기로 결심했다.

유키와 모모는 앞으로의 일에 대해 열심히 얘기를 나눴다.

곧 있으면 반리의 집에서 나가야 한다. 유키도 고향을 떠나 독립을 할 것이다. 두 사람은 본격적으로 활동하면서 반리를 찾기로 했다.

"유키 씨가 쿠죠라는 사람 밑에서 데뷔하는 게 싫어서 반 씨는 사라진 거죠? 그럼 유키 씨가 평소대로 노래하면 만나러 와줄 거예요."

"정말?"

"그럼요! 틀림없습니다! 그러니까 반 씨한테 닿을 수 있게 우리 열심히 해요!"

모모의 말에 유키는 미소 지었다. 자신들을 사랑해 준 모모와 함께라면 다시 한번 무대에 설 수 있을 것 같았다.

라이브를 시작하기 전에 유키는 모모에게 확인해야 할 게 있었다.

"모모 군, 어디서 노래해 본 적 있어?"

"없어요."

"……뭐 연주할 줄 아는 건?"

"……없어요."

진심이야? 라는 말이 유키 입에서 터져 나왔다. 반리를 대신하겠다고 할 정도니까 그럭저럭 경험은 있을 줄 알았는데 완전 미경험자였을 줄이야.

유키의 낙담에 모모는 창백해졌지만, 유키는 알아채지 못했다.

"뭐 어쩔 수 없지……. 그럼 연습하자."

"아, 네!"

운동부 출신이라 그런지 모모의 춤 흡수력은 빨랐다. 문제는 노래다. 잘하고 못하고 이전에 노래가 딱딱하다.

"모모 군, 긴장하지 마."

"안 했어요."

"하고 있잖아? 소리가 딱딱해."

"죄송합니다……."

"화난 거 아냐. 긴장 풀어."

"네."

"했지?"

"……네."

"불러봐."

"……."

"아직도 딱딱해. 긴장하지 말라니까. 반은 의식하지 않아도 돼."

"의식 안 해요."

"너보다 가창 경험 많은 내가 네 목소리가 긴장했다고 하는데 말로만 아니라고 하면 속을 줄 알아? 아님 내 귀가 잘못됐다는 거야?"

평소에도 음악에 관해선 가차 없이 말하는 게 유키의 습관이었다. 무의식적으로 모모를 노려보다 유키는 정신을 차렸다. 긴장해서 경직된 모모의 눈이 빨개져 있었다.

"……우, 울지 마……."

"안 울어요."

울먹거리고 있는 주제에 모모는 안 운다고 고집을 부렸다. 유키는 울컥했지만, 화내선 안 된다며 스스로를 다독였다. 화내고 싶은 게 아니다. 모모랑 잘해보고 싶은 것이다.

반리가 해준 말을 떠올렸다. 좀 더 다정하게, 좀 더 웃으며. 상대방 입장이 되어봐.

'모모 군의 입장……. 음악 경험이 없는데도 나와 아이돌을 하겠다고 했어. 지금도 못 하는데 할 수 있다고 해. 음악을 얕보고 있는 건가?'

아니, 그럴 리 없다. 모모는 Re:vale를 좋아한다. 좋아해서 더 긴장한 것이다. 그럼 좋아하지 않게 되면 긴장을 안 하게 될까?

"내 험담 좀 해볼래?"

"네? 모, 못 해요……."

"왜 그렇게 비협조적이야?"

"그, 그게 아니라……! 저기……."

주먹을 꽉 쥐고 크게 심호흡을 한 뒤 모모는 유키를 똑바로 바라봤다. 억척스럽고 강인함을 느끼게 하는 눈빛은 스포츠맨다웠다.

"죄송해요. 긴장 안 했다고 생각했는데, 유키 씨 앞에서 잘 부르고 싶어서 그런지 마음이 헛발질을 한 것 같아요."

"긴장 안 해도 되는데."

"그건 알아요! 그, 그러니까 유키 씨의 시간을 뺏어서 미안하지만, 잡담 조금만 해도 될까요? 유키 씨 앞에서도 긴장하지 않게 되고 싶어요."

솔직한 모모의 말에 놀라면서 유키는 고개를 끄덕였다. 모모는 이렇게 소통에 적극적인 노력가였다. 더구나 고등학교 때 전국대회에도 출전했던 축구선수 출신인 그는 긴장감의 컨트롤 방법도 잘 알고 있었다.

팔을 털고, 호흡을 정돈하며 모모는 다시 한번 유키에게 말을 걸었다.

"무슨 음식을 좋아해요?"

"채소랑 과일. 샤인머스캣이나 콩 같은 거."

"아, 맞다. 반 씨한테 고기랑 생선은 못 드신다고 들었어요."

"모모 군은 뭘 좋아하는데?"

"으음…… 고기요."

"흐응……."

"죄송해요……."

"왜 나한테 사과를 해? 내가 소나 돼지도 아닌데."

진지하게 대답하는 와중 갑자기 모모가 큰소리로 웃었다. 이유는 알 수 없었지만 유키는 안도했다. 오랜만에 보는 모모의 웃음이었다.

"유키 씨, 은근 재밌네요."

"그래?"

"쿨하고 잘생기고 멋있는데, 가끔 맹해서 귀여워요."

"바보 취급하는 거야?"

"아, 아니에요, 그런 거! 제가 왜 그러겠어요?"

"농담이야. 재밌단 말을 듣고 좀 우쭐해졌나 봐."

유키가 진심으로 반성하고 있어서 모모는 웃어야 할지, 말아야 할지 고민이 됐다. 유키는 그대로 입을 다물고 가만히 모모를 바라봤다. 모모의 뺨이 점점 붉어지고, 이마에는 땀이 배기 시작했다.

다시 한번 굳어가는 모모의 모습에 유키는 곤혹스러워졌다.

"……또 긴장한다."

"기…… 긴장돼요, 조금."

"그래……."

"하지만 괜찮아요. 왠지 괜찮을 것 같아요."

"난 너랑 잘해가고 싶어."

"네……."

"같이 노래하기 전에 부탁이 있는데 들어줄래?"

"물론이죠! 뭐든 말만 하세요!"

"너랑 가족이 되고 싶어. 네가 우리 부모님 양자로 들어오든가, 너에게 여자 형제가 있으면 내가 결혼할게."

엉뚱한 제안에 모모는 그대로 굳었다.

그에 비해 유키는 정말 진지했다. 반리가 다쳤을 때 가족이 아니라는 하찮은 이유로 유키는 병실에 들어가지도 못했다. 그런 일을 다시는 겪고 싶지 않았다. 하지만 오랫동안 숙고한 끝에 모모는 힘들게 거절했다.

"……호적메이트가 되는 건 좀……."

"그래……?"

유키는 낙담했다. 그때의 고독감과 소외감이 떠올라 불안해졌다.

"그럼 약속해 줘. 위험한 일 같은 건 당하지 않겠다고."

유키의 절실한 부탁에 모모는 진지하게 고개를 끄덕였다. 등을 쭉 펴고 힘차게 유키에게 말했다.

"알겠어요. 유키 씨가 걱정할 만한 일은 절대 하지 않을게요!"

그제야 유키는 만족한 듯이 미소 지었다.

그렇게 노래와 춤 연습에 매진하면서 두 사람은 첫 라이브 일정을 잡았다.

첫 라이브 전날부터 모모는 긴장해 있었다. 반리의 집에서 모모의 등을 쓰다듬으며 유키는 그를 계속 격려했다.

"괜찮아."

모모는 불안한 듯 유키를 올려다보았다. 신기하게도 유키는 모모와 있으면 다정한 마음이 솟아올랐다. 자신이 더 열심히 해야겠다는 마음이 자연스럽게 생겨났다.

그동안 반이 유키를 지켜줬다면 이젠 자신의 차례다.

Re:vale를 사랑하는 모모가 실망하지 않는 세상, 큰소리로 웃을 수 있는 세상을 만들자. 최고의 노래, 인생을 바꾼 라이브. 그렇게 칭찬받았던 때의 자랑스러운 기분을 되살리자.

모모가 원하는 노래를 부를 수 있는 건 세상에 딱 한 명.

'나뿐이야.'

두 사람은 각오를 다지고 라이브 하우스로 향했다. 하지만 스케줄표에 Re:vale의 이름은 없었다. 어떻게 된 건가 싶어 두 사람은 숨을 삼켰다.

불안한 듯 서 있는 모모를 바라보며 유키는 초조해졌다. 모모에게는 첫 무대다. 괜찮아, 뭔가의 착오일 거야, 라고 말하며 안심시켜주고 싶었다.

하지만 자신은 아무것도 할 수가 없다.

'……평소 남에게 다정하지 못한 데다 늘 반에게 어리광부리며 살았으니까.'

각오만으론 부족하다는 것을 유키는 절실히 깨달았다. 중요한 순간에 소중한 사람을 지키는 기술은 어떻게 해야 손에 넣을 수 있을까? 반리는 어떻게 그걸 몸에 익혔지?

Re:vale가 스케줄표에 없었던 이유는 금방 밝혀졌다. 어처구니없게도 둘 다 라이브 신청을 하지 않았던 것이었다.

"뭐? 모모 군이 신청한 거 아니었어?"

"전 유키 씨가 한 줄 알고……."

유키와 모모는 서로를 마주 보다가 이내 한바탕 웃었다.

둘은 반리의 집으로 돌아와 그가 남긴 노트와 메모를 뒤졌다. 라이브 신청, 전단지 제작, 굿즈 제작, 홈페이지 관리, 음원 발매, 하나부터 열까지 반리는 혼자서 다 하고 있었다.

"반 씨가 만든 명함 파일을 찾았어요! 누가 누구인지 아시나요?"

"아니, 몰라."

"아, 전부 메모가 붙어있어요! 이것 봐요, 유키 씨!"

모모는 기쁜 듯이 유키에게 보고했다. 반리가 남긴 노트에는 수많은 메모지가 붙여져 있었다. 정갈한 글씨로 자세한 주의사항까지 적혀있었다.

'대형 이벤트 주최자 분. 이벤트 회사 사람. 특히 예의 바르게.'

'무료로 협력해 주신 카메라맨. 유키가 촬영에 지각. 다음에 만나면 정식으로 사과할 것!'

'CD 회사. 가격은 비싸지만, 질은 최상. 국내, 해외 모두 대응 가능.'

그리운 반리의 글씨를 유키는 살며시 손가락으로 쓸었다. 자신이 멍하니 있는 동안 반리는 많은 걸 생각해뒀던 것이다.

인사해. 지각하지 마. 말조심해.

다시 자신을 혼내줬으면 좋겠다. 지금이라면 뭐든 시키는 대로 할 텐데.

하지만 그에게 의지하던 시절은 이제 끝났다. 모모에 비하면 유키가 훨씬 경험자다. 자신이 정신을 차리고, 모모를 이끌어줘야 한다.

눈물을 글썽이던 모모가 유키의 팔을 꽉 쥐었다.

"꼭 만날 수 있을 거예요……. 열심히 해요, 유키 씨. 저도 힘낼게요!"

모모의 손에 자신의 손을 겹치며 유키는 미소 지었다.

반리가 있으면 행복했다. 앞으로는 자신이 있으면 모모가 행복해질 수 있게 만들어주자.

솔직하고 착한 아이가 상처받는 일 없게.

모모가 사랑해준 Re:vale가 괴로운 일을 겪지 않게.

하지만 유키의 바람은 이루어지지 않았다. 언덕에서 굴러떨어지듯 그들은 고난의 길로 떠밀려 갔다.

유키는 모모의 수호자가 되기는커녕 쓸모없는 짐짝이 되고

말았다.

 빛나는 성공의 길을 걸을 수 없었던 이유는 많았다.

 유키와 모모는 한 번 분쟁이 있었던 오카자키 사무소와 계약을 했다. 반리를 버린 회사라 유키는 처음에 떨떠름해 했지만, 모모가 주선하는 형태로 다시 오카자키 사무소 소속이 되었다.

 사무소가 정산해주는 돈은 눈을 의심할 정도로 적었다. 반리와 활동하던 시절엔 Re:vale의 수익에서 유키가 사는 데 지장이 없을 정도로 충분한 몫을 받을 수 있었다. 반리의 운영방침은 '절대 적자는 내지 않는다, 배가 고프면 싸울 수가 없다, 두 사람 몫의 생활비는 반드시 확보한다'였으니까.

 인디에서 프로가 됐는데도 오히려 수입이 줄어 유키는 곤혹스러웠다. 작은 기업인 오카자키 사무소는 Re:vale의 활동으로 얻은 수익에서 사무소의 몫을 떼어간다. 보수는 줄었어도 기업으로서의 신뢰가 있기에 인디 때는 받지 못한 큰일을 따오기도 하지만, 마찬가지로 작은 거래처에서의 입금은 늦어지기 일쑤였다.

게다가 레슨비도 많이 들었다. 거의 반 초심자인 모모는 레슨이 많은 만큼 들어가는 금액도 컸다. 그만큼 유키가 보충을 했지만, 오카자키 사무소 쪽으로부터 가끔 보수가 밀리기도 했다.

"미안해요! 연말엔 꼭……!"

두 사람의 매니저가 된 오카자키 린토는 늘 머리 숙여 사과했다. 그의 성실함만이 두 사람의 구원이었지만, 친절함이 마음은 채워주더라도 배는 채워주지 못했다.

이럴 줄 알았으면 있는 돈을 다 써가며 굳이 이사하진 않았을 텐데. 반리의 집 계약도 끝났고, 모모도 마침 자취를 시작할 예정이었기 때문에 유키가 먼저 제안해서 동거를 시작했던 것이다.

도내의 저렴한 *사고물건이었지만, 가난한 두 사람은 집세를 내는 것도 빠듯했다. 집세를 밀리고는 집주인을 볼 때마다 건물 뒤로 숨는 게 일상이었다.

이 전형적인 가난에서 벗어나기 위해 아르바이트로 수입을 조달하기로 했다.

그것이 유키에게 비극의 시작인 줄도 모르고.

*사고물건 : 범죄사건이나 자살 같은 불미스러운 일이 일어난 집.

"너, 내일부터 안 나와도 돼."

"이번 달…… 아니, 다음 주까지만 나와."

"넌 잘못이 없지만, 일터가 어수선해서……."

"그만둔다고 말해놨어. 유키는 일 같은 거 안 해도 돼! 내가 먹여 살릴게!"

어디에서 아르바이트를 해도 여자문제와 대인문제로 유키는 오래 일하지 못했다. 원래 반리와 같이 있었을 때부터도 유키는 남 밑에서 일하는 게 서툴렀다. 그래서 반리는 더더욱 유키가 음악만으로 생계를 이어갈 수 있게 고심했던 것이다.

하지만 반리에게 의지하던 시절과는 마음가짐이 다르다. 모모를 고생시킬 수 없다며 할 수 있는 한 사람들에게 잘해주고, 고용주의 지시도 잘 따랐다. 그래서 분위기가 둥글어진 유키는 전보다 더 여자들의 호감을 샀고, 그것이 반감을 가진 상대에게 오히려 빌미를 제공해 트러블을 초래하게 된 것이다.

아르바이트에서 잘리고 낙담할 때마다 늘 모모가 밝게 위로를 해주었다.

"너무 걱정 마요, 유키 씨! 유키 씨 몫까지 제가 열심히 할 테니까!"

"하지만……."

"유키 씨는 작곡에 전념해요! 데뷔곡 기대하겠습니다!"

유키의 어깨가 난감함에 축 쳐졌다. 그것 역시 두 사람이 정체되어 있는 원인 중 하나였다.

늘 반리와 함께 작곡을 했던 유키는 좀처럼 혼자 곡을 만들어내지 못하고 있었다. 이렇게 가자고 해놓고서는 또 갈등하고만다. 이건 이렇지. 좀 더 이렇게 해봐. 아무리 귀를 기울여도 조언해 주는 반리의 목소리가 들리지 않는다. 음악 경험이 없는 모모에게는 의지할 수 없다.

더구나 조명 낙하 사고 이후로 유키는 날카로운 물건을 무서워하게 되었다. 뾰족한 걸 보면 피로 물든 반리의 모습이 떠올라 꼼짝도 할 수 없게 된다. 그 탓에 열심히 아르바이트를 하는 모모를 위해 요리를 하려 해도 칼을 잡지 못했다.

생활비도 못 벌어, 곡도 못 써, 밥도 못 해.

유키는 쓸모없는 애물단지였다.

자신이 이렇게나 인간으로서 구제불능이었던가. 유키는 자기혐오로 풀이 죽었다.

그런 유키의 옆에서 모모는 열심히 일하고, 열심히 레슨을

받았다. 그는 결코 유키 앞에서 푸념을 하거나 약한 소리를 내뱉지 않았다. 지친 기색조차 보인 적이 없었다.

해바라기처럼 기운찬 모모의 웃음이 가라앉을 것 같은 유키를 지탱해주고 있었다.

"보컬 트레이닝 진짜 재밌어요! 하면 할수록 목소리도 좋아지고. 근육 트레이닝을 하면 몸이 따라주잖아요? 그거랑 똑같아요!"

"댄스 시간에 새 기술을 배웠어요. 다음 합동 레슨 때 보여드릴게요!"

"알바하는 술집에서 사장님이 냉동 굴을 주셨어요. 유통기한이 좀 지나긴 했지만, 제가 기미한 후에 별 탈 없으면 드셔주세요!"

모모의 웃는 얼굴에 이끌려 덩달아 웃게 될 때마다 유키는 오히려 힘없이 고개를 떨구었다. 웃고 있을 때가 아냐. 뭔가 하나라도 좋으니 이뤄내야 해.

자신이 직접 곡을 만들어 노래하고 싶었다. 어린 시절부터 숨 쉬듯 꿈을 꿨다.

그 꿈이 마치 저주처럼 무엇과도 바꿀 수 없는 소중한 사람들을 불행하게 만들고 있다.

'이대로 평생 나는 누군가를 희생시키면서 노래하게 되는 걸까……'

자신의 꿈이나 쾌락과 맞바꿔 누군가를 고생시키고, 불행하게 만들고 있다. 반리도 이런 내가 싫증이 나서 떠난 건지도 모른다.

'노래하는 것 외엔 아무것도 못 하는데, 지금은 노래조차 만들 수가 없다…'

한밤중, 좁은 방구석에서 무릎을 끌어안았다. 오늘도 아침부터 밤까지 일을 한 모모는 기절한 것처럼 이부자리에 잠들어 있었다.

푸르스름한 달빛과 가로등 불빛이 더러운 창의 뿌연 유리에 부딪혀 쓸쓸히 반사되었다.

모모의 공복을 채워주는 것조차 못 하는 오선지가 하찮고 덧없어 보여 슬펐다. 모모의 자는 얼굴에서 고개를 돌리고 유키는 눈을 내리깔았다. 모모에게 좋은 사람이고 싶지만, 어딘가에서 들려오는 작은 벌레의 날갯짓 소리처럼 자신의 노래엔 힘이 없었다.

갑자기 타앙, 하고 찬장이 열렸다. 사고물건인 이 집에선 갑자기 문이 열리거나 물이 나오는 것 같은 기묘한 일들이 종종 일어났다. 소음에 모모가 깨지 않길 바라며 유키는 허공을 노려봤다.

'모모 군은 너 같은 녀석한테도 다정한데.'

이 방에 막 입주했을 때의 일이다. 좁은 부엌 바닥엔 검은 얼룩이 있었다. 누군가 거기서 목을 맸다고 한다.

사고물건이란 말을 듣고 겁에 질렸던 모모는 검은 얼룩을 보고도 비명을 지르지 않았다. 그는 주저 없이 얼룩 앞에 무릎을 꿇고, 똑바로 정좌를 했다.

그리고 다정한 눈빛으로 손을 모았다.

"오늘부터 실례하겠습니다. 스노하라 모모세라고 합니다. 이쪽은 유키 씨. 잘 부탁드립니다."

정좌하고 있던 모모의 등을 유키는 지금도 잊을 수가 없다. 그 광경은 아주 맑고, 다정했다. 모모가 인사를 했을 뿐인데 불길한 얼룩조차 따스한 기운이 도는 윤곽으로 변했다.

서글픔을 느끼고, 유키는 무의식적으로 가슴께를 움켜쥐었다.

이 아이는 좋은 아이다. 자신에겐 과분할 정도로. 솔직하고, 용감하고, 다정하고, 아름다운 영혼. 널 꼭 빼닮았어, 반.

어떡하지? 모모 군이 반처럼, 나 때문에 불행해지면.

난 아무것도 할 수가 없고, 아무것도 보답해줄 수가 없는데.

사극 엑스트라 일이 들어온 건 그때였다.

대사도, 이름도 없는 단역이었다. 악당에게 살해당하는 무사 집안 아들 중 하나였던 것으로 기억한다. 평소 사극을 보지 않는 유키는 줄거리조차 이해하지 못했다.

하지만 조금의 망설임도 없이 유키는 일을 받아들였다. 어떻게든 자신의 수입을 늘려 모모의 부담을 줄여주고 싶었다.

촬영현장은 춥고, 대기시간도 길어서 결코 쾌적한 환경은 아니었다. 추위로 곱은 손가락을 비비던 유키는 유난히 주변 사람들이 신경을 쓰는 아저씨가 있다는 걸 알아챘다.

유명 배우인 모양이다. 사극을 잘 모르는 유키도 본 기억이 있었다.

'돈이 많겠지…….'

가난한 생활에 심신이 모두 지친 유키는 솔직하게 아저씨가

부러웠다.

드디어 등장할 차례가 되어 지시한 대로 연기를 했다. 뾰족한 칼에 공포심이 일었지만, 최근 여윈 모모를 생각하며 어떻게든 꾹 참았다. 체육계 출신인 모모는 식사량도 많았다. 식빵과 삶은 계란만으로도 '배부르다!'라고 말하며 웃지만, 거짓말이다.

유키가 계속 아르바이트를 잘려도, 곡을 만들지 못해도, 모모는 '잘생겼어요!'라며 웃어준다. 하지만 유키는 자꾸 '거짓말이겠지'라는 생각이 든다. 빨리 예전처럼 자신도 '그렇지?'라며 웃고 싶다.

고생하고 있는 파트너의 미소조차 마음 아픈 나날은 이제 싫다.

정신을 차려보니 예의 그 아저씨가 이곳에서 거만한 태도로 의자에 앉아있는 남자랑 얘기를 나누고 있었다. 유키를 힐끔거리면서 두 사람은 수군수군 대화를 하고 있었다. 유키는 움찔했다.

'또 잘리는 건가……?'

손에 땀을 쥔 유키를 뒤로 하고 다른 무리도 모여들기 시작했다. 다들 현장에서 잘난 척하고 있던 녀석들이다. 자신을 손가락질하는 그들에게서 빠르게 시선을 피하며 유키는 모른 체를 했다.

익숙하지 않은 기모노 소매를 누르면서 침울한 기분으로 눈을 내리깔았다. 어차피 또 돌아가란 소리겠지. 빈손으로 돌아간 자신을 보고, 모모는 여윈 얼굴로 웃어줄 것이다. '괜찮아요. 제가 그만큼 더 열심히 할게요!'

그런 말은 이제 듣고 싶지 않았다.

유키가 보고 싶은 건 그런 미소가 아니었다.

무대에서 노래할 때마다 관객석의 모모는 눈을 빛내며, 조명보다도 눈부신 미소를 보여주었다. 유키는 의기양양 기뻐하며 옆에 있는 반리를 보고 웃었다.

보름달을 녹여낸 듯한 황금빛으로 빛나던 그 시간은 이제 돌아오지 않는다.

"자네."

직급이 높아 보이는 남자 중 한 명이 유키를 손짓으로 불렀다. 가슴이 철렁했지만, 유키는 가급적 예의 바르게 응대했다.

"네, 무슨 일이시죠?"

"시즈오 씨가 자네더러 감이 좋고, 그림이 될 것 같다는군.

대본을 수정해서 신 몇 개가 늘 것 같은데 괜찮겠나?"

무슨 소리인지 이해하지 못한 유키는 굳은 표정으로 물었다.

"해고라는 뜻인가요?"

"해고가 아니라 전격 발탁이지."

거만해 보였던 남자가 웃음을 터트렸다. 웃는 얼굴엔 애교가 있었고, 잘 보니 거만한 것 같지도 않았다. 유키는 안도하며 가슴을 쓸어내렸다.

아르바이트 시간이 더 늘어나 식사할 타이밍을 놓쳐서 공복이었지만, 어찌어찌 그날은 그렇게 끝이 났다. 원래 오늘만 하기로 했던 일이었지만, 내일도 와 달라고 했다.

옷을 갈아입고 촬영장을 떠나려는 순간 예의 그 아저씨가 유키를 불러 세웠다.

"다른 신발은 없나?"

신발? 유키가 고개를 갸웃하며 낡은 운동화를 내려다보자 아저씨는 옆에 있던 남자에게 무언가 말을 하고 지갑을 꺼냈다.

만 엔짜리 세 장을 유키에게 건넸다.

"배우는 신발이 중요해. 대단한 건 못 사겠지만 이걸로 새 신발 하나 사 신어."

그리고 아저씨는 가버렸다.

3만 엔을 바라보며 유키는 감격에 온몸이 떨렸다. 이거면 모모를 쉬게 할 수 있다. 모모가 좋아하는 고기를 살 수 있다.

그날 밤은 늦어서 마트에 들르지 못했지만, 내일은 고기를 사서 돌아가자고 결심했다. 모모가 가족들이랑 먹었다던 토마토 스키야키를 하는 거야. 기분이 좋은 유키를 보고 모모도 기쁜 것 같았다.

"유키 씨, 좋은 일 있었어요?"

"비밀. 새 곡의 악절이 생각났는데 들어볼래?"

"와아! 좋아요!"

오랜만에 그날 밤은 즐거웠다. 옆집이 벽을 두드리지 않게 조용히 기타를 연주했다. 고요한 음색은 고요한 바람 그 자체였다.

눈이 내릴 것 같은 추운 밤이었다. 모모는 발끝을 문지르며 몸을 앞으로 기울인 채 음악을 들었다. 유키의 노랫소리에 일일이 감격해서는 큰소리를 내지 않게 입을 틀어막았다. 신이 난 분위기 속에서 눈이 마주친 두 사람은 웃었다.

어느샌가 모모는 웃으면서도 오열하며 어깨를 떨고 있었다. 유키는 눈을 크게 뜨고 모모의 어깨를 잡아채 얼굴을 들여다봤다.

한심하게 얼굴을 일그러뜨린 채 모모는 어린애처럼 울고 있었다.

"제가…… 제가 노래한다고 해놓고, 아무것도 못 해서 죄송해요……."

유키는 깜짝 놀랐다. 눈물을 뚝뚝 흘리며 모모는 괴로운 듯 숨을 헐떡였다.

"반 씨라면 유키 씨가 즐겁게 곡을 쓸 수 있게 해줬을 텐데. 저도 제대로 하고 싶은데 잘 되지가 않아요. 유키 씨한테 미안한 얼굴을 하게 하고, 슬픈 얼굴을 하게 해서 정말 죄송해요……."

눈가가 뜨거워지고, 목구멍이 떨렸다. 몸속이 뭉클해지며 슬픈 열기를 띠었다. 자신 안에 이런 다정한 열기가 있을 줄은 몰랐다.

천천히 숨을 내쉬며, 유키는 울지 않기 위해서 호흡을 가다듬었다. 그리고는 미소를 띠고, 모모의 등을 끌어안았다.

그의 등은 무척 따뜻했다.

인상을 좋게 해. 더 활짝 웃어. 반리에게 충고를 들을 때마다 즐겁지도 않은데 웃으라니, 노예 같다고 생각했다.

하지만 그게 아니었다. 웃음은 다정함이었던 것이다.

자신도 늘 모모의 웃는 얼굴에 힘을 얻지 않았던가.

"모모와 함께라서 기뻐."

모모의 오열이 점점 격해지면서 등의 열기도 강해졌다. 그의 어깨에 뺨을 묻고 유키는 미소를 지었다.

몸이 찢길 것처럼 슬프고 애처롭다. 한심하고, 면목이 없다. 하지만 웃는 동안 몸 안에 있는 희미한 슬픈 열기는 부드럽고, 다정하게 강해져 간다.

"모모와 함께라서 즐거운걸. 늘 고마워. 정말 고마워."

배려니 걱정이니 하는 그동안 유키가 귀찮아했던 것들이 그 날 밤 유키와 모모를 지탱하는 온기가 되었다.

늘 배려만 해주던 모모가 처음으로 유키에게 매달려 울었다. 셔츠는 눈물, 콧물로 엉망이 되었지만, 유키는 기뻤다.

적당한 위로의 말은 찾을 수 없었다. 그 대신 모모의 머리와 어깨를 열심히 쓰다듬어주자고 생각했다.

기타를 연주하듯이.

다음 날 유키가 현장에 가니 유키의 배역에는 이름이 붙어있었다.

죽을 예정이었던 장면에서 혼자만 살아남아 3만 엔을 준 그 아저씨랑 당분간 같이 행동하는 전개가 되었다.

3만 엔 아저씨의 이름이 치바 시즈오라는 것도 알게 되었다.

"신발은 샀나?"

치바 시즈오가 묻자 유키는 솔직히 대답했다.

"아마 안 살 거예요."

"왜?"

"돈이 있으면 같이 사는 파트너한테 좋은 걸 먹이고 싶거든요."

치바 시즈오는 유키를 바라보고 크게 고개를 끄덕였다.

"그렇군……. 이해해. 나도 어렸을 땐 여자한테 폐를 많이 끼쳤지."

옛날 생각이 떠오른 듯한 진지한 말투에 차마 여자가 아니라는 말은 할 수가 없었다.

NOT FOR SALE
ID7
© BANDAI NAMCO Online Inc. 2018
© BUNTA TSUSHIMI, ARINA TANEMURA 2018 / HAKUSENSHA, INC.
SHOSETSU IDOLISH SEVEN RE:MEMBER

"음식이 궁하면 다음에 언제 우리 집으로 와. 처치 곤란한 선물이 많으니까."

"그래도 되나요?"

"물론이지."

"고기로 주세요. 고기가 먹고 싶대요."

"그럼 설이 좋겠군. 명절마다 고기를 보내는 사람이 있어서."

의상을 갈아입고 현장에서 대기하는 동안에도 치바 시즈오는 유키의 곁에서 말을 걸었다. 그가 옆에 있으면 유키를 보는 사람들의 눈빛이 달라졌다.

주변 사람들을 따라서 유키는 그를 시즈오 씨라고 불렀다.

"시즈오 씨는 대단한 사람인가요?"

그는 일본을 대표하는 배우였다. 돌이켜 생각해보면 참 무례한 질문이었지만 그는 화를 내지도, 웃지도 않았다.

"그렇게 대단하지 않아. 그냥 한 가지 일 밖에 할 줄 모르는 것뿐이지."

"하지만 좋은 분 같아요."

"좋은 사람 같은 게 아니야. 나도, 아마 자네도 좋은 사람은 될 수 없을 거야. 좋은 사람이 되려고 노력할 뿐."

나직한 그 말은 신기하고 인상적이었다.

"보겠나?"

치바 시즈오는 천천히 휴대폰을 건넸다. 유키가 의아해하니 사진 폴더를 열어 보여주었다.

그건 남자아이의 사진이었다. 날카롭게 치켜 올라간 눈을 어리광이 가득한 웃음이 부드럽게 만들어준다. 남자아이는 혼자서 혹은 어른들의 중심에서 사랑스럽게 웃고 있었다. 어린이날 투구를 쓰고 있기도 하고, 장난감을 끌어안고 있기도 하고, 케이크를 먹고 있는가 하면 어엿하게 하카마를 입고 있기도 하는 등 모두에게 아이돌처럼 사랑받고 있는 게 느껴졌다.

하지만 어느 순간을 기점으로 남자아이는 웃지 않게 되었다. 카메라에 시선조차 주지 않았다. 웃고 있는 치바 시즈오가 옆에 있어도, 모친으로 보이는 여자가 옆에 있어도 말이다.

교복을 입고 언짢은 듯 호화저택 현관에 서 있는 모습을 마지막으로 사진은 끝이 났다.

사진을 다 본 유키는 치바 시즈오를 올려다봤다. 그는 아무 말 없이 휴대폰을 거두어갔다.

좋은 사람이 아니라고 한 말의 파편이 사진 속 외면하고 있

는 소년의 시선에 깃들어 있는 것 같았다.

뭔가 말을 하는 게 좋을까 싶어서 유키는 입을 열었다.

"그 애가 들고 있는 비싸 보이는 장난감, 전부 다른 거네요."

"아아…… 뭐……."

"엄청 응석을 받아줬군요?"

치바 시즈오는 쓴웃음을 지었다. 왠지 듣지 않아도 그의 아
들이란 걸 알았다.

"장난감으로 환심을 사려 한 거죠? 저도 신곡을 쓰고 싶어져
요. 제가 형편없을 때 빨리 칭찬받고 싶어서. 하지만 불순한 동
기로 곡을 만들면 더러운 때만 탈 뿐이죠. 꼴불견이에요."

"작곡?"

"본업은 배우가 아니에요. 곡을 만들고 노래를 부릅니다."

아아, 하고 감탄사를 뱉더니 치바 시즈오는 뭔가 납득을 한
것 같았다.

"그래서인가? 젊은 시절의 날 보는 것 같더군."

치바 시즈오는 차가운 하늘을 올려다보며 나지막이 속삭였
다. 속삭이고 있는데도 불구하고 관록과 색기가 묻어나오는 매
력적인 목소리였다.

"결벽할 정도로 기예를 추구하면 세상에 대한 집착이 사라져. 이 세상에 내 몸은 뭔가를 전하기 위한 도구로 족하지. 그게 기분 좋고. 하지만 산 사람인 내가 병들게 돼. 그 녀석은 모자란 데다 응석받이에 외로움도 잘 타고, 질이 안 좋아."

왠지 모르게 알 것 같았다. 이번엔 유키가 쓴웃음을 지었다.

"그럴지도요."

"자넨 아직 어려. 초조해하지 말고 계속 가봐. 같이 사는 사람과는 잘해가고 있나?"

"네, 그 녀석 덕에. 어제도 작곡에만 전념하게 해주지 못해서 미안하다고 사과를 하더라고요."

"아아. 나도 그런 기억이 있어. 왜 이렇게 우리 주변에 있는 인간은 좋은 사람들뿐인지……."

유키는 미소 지었다. 지금 마냥 무대에 서고 싶어졌다.

'유키'라고 연호해주는 소리를 듣고 싶다. 옛날엔 그토록 날 초조하게 만들었던, 자신을 부르는 소리를.

그리고 옆에 있는 모모와 마주 보고 웃는 것이다.

서로의 영혼의 형태를 확인하듯이.

촬영이 끝난 뒤, 유키는 마트에 들러 소고기를 샀다.

산더미 같은 식료품을 끌어안고 집으로 가면서 유키는 만면에 미소를 머금었다. 모모는 이미 집에 있을 것이다. 그는 분명 놀라서 환호성을 지르겠지.

"뭐예요, 유키 씨?! 이렇게 호화로운 식사라니!"

상상만으로도 유키는 웃음이 나왔다.

한밤중의 주택가는 캄캄하고, 발바닥이 얼 정도로 추웠다. 낡은 빌라 옆 가로등 불빛이 나풀나풀 날리기 시작한 눈을 비추고 있었다.

하얀 입김을 뱉으며 자신들의 집을 올려다본 채 유키는 걸음을 멈췄다.

하늘에서 내리는 눈에 젖은 것처럼 눈물이 뺨을 따라 흘러내렸다. 당황해서 뺨을 훔치고, 고개를 숙였다. 폐 안쪽에서부터 크게 숨을 내뱉으며, 유키는 어깨를 떨었다.

저 문을 열면 모모가 있다. 드디어 모모를 위해 뭔가를 할 수 있다. 드디어 모모의 웃는 얼굴에 진심으로 당당히 웃음을 돌려줄 수 있다.

그건 얼마나 행복한 일인가.

한겨울 길 위에서, 마트에서 산 고기를 끌어안고, 소리를 죽인 채 유키는 울었다. 옛날의 자신이 봤으면 촌스럽게 뭐 하는 거냐며 불쾌한 듯 미간을 찌푸렸을지도 모른다.

지금은 다르다. 지금의 유키는 행복을 안다.

웃음의 의미도.

누군가가 기다리는 집에 돌아가는 기적도.

그날 때려 부수려 했던 기타가 연주하는, 끝나지 않는 노래의 강함을 아니까.

눈물을 닦고 웃으면서 다녀왔다고 인사하자.

백재무궁

장대비를 맞으며 청년이 우산을 쓰고 있다.

많은 차들이 오가는 도로를 사이에 두고 모모는 청년을 바라봤다. 청년도 미소를 지으며 자신을 바라고 보고 있었다. 누구였더라. 분명 기억하고 있었는데 기억이 나질 않는다.

날카로운 자동차 경적에 모모는 흠칫했다. 그런 곳에 서 있으면 위험해요. 말을 걸려는 순간 청년이 입을 열었다.

거친 빗소리와 물을 튀기며 달리는 차 소리를 무시하고, 청년의 속삭임이 모모의 귓가에 닿았다.

"모모 군, 유키를 부탁해."

청년의 이름은 오오가미 반리다.

기억을 떠올린 순간, 그는 차로 뛰어들었다.

"…………!"

꿈에서 깨어난 모모는 벌떡 일어나 앉았다. 온몸이 땀으로 흥건히 젖어 있었다.

옆 이불에서 유키가 새근새근 숨소리를 내며 자고 있었다. 이 세상에서 제일 소중한, 모모가 경애하는 스타.

모모는 떨리는 손으로 입을 가렸다. 자기혐오에 치를 떨면서 창백해진 얼굴로 허공을 응시했다.

방금 전 꾼 꿈이 자신의 소망인 것만 같아서 스스로가 두려워졌다.

　얼마 전까지 스노하라 모모세는 교외의 단독주택에 사는 대학생이었다. 모모에게는 회사원인 아버지와 파트타임 일을 하는 어머니, 루리라는 두 살 위의 누나가 있었다. 살고 있던 동네엔 프로 축구팀의 연습장이 있었고, 부모님도 열렬한 축구팬이었다. 운동에 자신 있던 모모도 초등학생 무렵 유소년 축구팀에 입단했다.

　아이들이 처음 부딪치는 좌절은 주전 경쟁이다.

　"잘 들어. 주전에 뽑히지 못했다고 삐치거나 토라지면 안 돼. 그건 약한 녀석이나 하는 짓이야. 다음에 주전이 되고 싶으면 뽑힌 친구를 열심히 응원하도록!"

　코치의 말을 모모는 아이 나름대로 진지하게 받아들였다. 주전 선수가 되지 못해 속상한 마음에 울더라도 모모는 남을 시기하지 않았다. 자신이 주전에 뽑혔을 때도 뽑히지 못한 친구를 얕잡아 보지 않았다.

　중고등학교 시절은 축구로 세월을 보냈고, 전국 대회에도 출

전했다. 캡틴을 맡았을 땐 감독에게 전략적 시야도 배웠다.

축구는 넓은 필드를 제한된 인원으로 플레이하는 지적인 게임이기도 하다. 힘의 균형을 고려하며 기습을 감행하고, 적의 기습을 방어하기 위한 전술과 대담함이 중요시된다.

"스노하라, 넌 멘탈도 강하고, 힘도 있는 데다 시야가 넓어. 공을 지휘할 뿐 아니라 스스로 파고드는 배짱도 있어서 사령탑에 잘 어울리지. 하지만 아군에 문제가 생기면 단숨에 시야가 좁아져서 너무 극단적인 플레이가 되고 말아. 그 점을 조심해."

그건 감독님에게 몇 번이나 들은 말이었다. 축구에 한정된 것만이 아니라 일상생활에서도 모모는 그런 면이 있었다. '이상한 남자가 쫓아온다'며 누나가 울면서 전화했을 때도 욕조에 물을 받고 있었다는 사실이나 현관문을 닫아야 한다는 사실을 전부 잊은 채 자전거를 타고 누나를 데리러 뛰쳐나갔었다.

그건 그 경기 때도 마찬가지였다. 필드를 달리는 동료가 발을 질질 끄는 것처럼 보였다. 부상을 입은 채 무리하는 게 아닐까? 드리블을 하면서도 불안은 머리에서 떠나지 않았다. 그래서 슬라이딩해오는 상대편을 알아채지 못했다.

모모는 부상을 입고, 경기 도중 교체됐다. 그 결과 경기는 참

패. 완치에 반년은 넘게 걸릴 것이란 말을 들었다.

완치까지의 기간이 길어지면서 좀처럼 연습에 참가할 수 없는 상황이 이어졌다. 그러는 동안 주변 사람들은 물론 모모 자신도 프로가 되는 건 힘들겠다는 생각을 하기 시작했다.

부모조차 무슨 말을 꺼내야 할지 모를 정도로 모모는 크게 낙심했다.

그런 모모를 위로해주기 위해 누나인 루리는 라이브 공연에 가자고 했다. 그녀는 Re:vale라는 아이돌 그룹의 팬이라 늘 Re:vale의 얘기를 했다.

모모도 Re:vale의 노래를 들은 적이 있고, 싫지는 않았지만 집에서 듣는 것만으로도 충분했다. 왜 굳이 라이브까지 보러 가야 하는지 알 수가 없었다.

"라이브니까 더 좋지! Re:vale를 날것으로 보는 거라고!"

"날것이라니, 무슨 생선도 아니고. 직접 봐도 상대는 누나를 모르잖아."

"그렇지 않아. 눈이 꽤 자주 마주치는걸?"

"흐음!"

"반 씨는 눈이 마주치면 팬서비스도 해준다?"

"아, 누나가 좋아하는 사람?"

"응, 맞아! 엄청 잘생긴 데다 엄청 다정해! 눈이 마주친 순간 나만의 반이 된 것 같다니까! 아아, 반 씨랑 결혼하고 싶다!"

방석을 끌어안는 누나를 보며 모모는 웃었다. 이상한 남자한 테 끌리는 것보단 아이돌에 빠지는 게 모모도 더 안심이긴 했 다. 그녀가 동경하는 남자의 사진을 바라보며 모모는 속으로 중얼거렸다.

'부탁한다, 반. 우리 누나를 아이돌 세계에 묶어놔줘.'

평소 모모는 누나인 루리와 사이가 좋았다. 온종일 같이 있 는 건 아니지만, 각자가 속한 곳의 친구도 서로 소개하고, 고민 이나 푸념을 나누기 때문에 서로의 세계 속 등장인물은 거의 다 파악하고 있었다.

라이브 공연에 함께 가기로 한 것도 누나가 기뻐했기 때문이 다. 아이돌 노래를 듣고 다시 일어설 줄은 꿈에도 몰랐다. 모두 가 걱정하니 웃으려 애는 썼지만, 모모의 미래는 온통 검게 칠 해져 버린 상태였다.

이제 그만 앞으로 나가야 한다는 건 모모도 알고 있었다.

하지만 어두운 숲속의 담쟁이덩굴이 발에 휘감긴 것처럼 옴

짝달싹할 수가 없었다.

어둠 속에 우두커니 서 있던 모모는 멍하니 무대 위를 쳐다 봤다. 라이브에 오는 관객들은 여자가 많았다. 다들 연인을 만나러 온 것처럼 멋지게 꾸미고 뺨을 붉히고 있었다. Re:vale의 얘기를 하는 누나와 똑같은 표정이었다.

'사랑받고 있구나……'

단순하게 굉장하다고 생각했다. 사람의 마음을 움직이는 건 정말 멋진 일이다. 두리번거리며 주변을 둘러보니 모모 외에도 남자 관객이 드문드문 있어서 안심이 됐다.

조명이 꺼지고, 어둠 속 무대에서 사람이 움직이는 기척이 느껴졌다. 관객석이 술렁이기 시작했다. 루리가 모모의 팔을 당기고 작은 소리로 속삭였다.

"이쪽이 반 씨고, 저쪽에 선 게 유키야. 늘 같은 위치에 서."

무대를 바라보며 모모는 고개를 끄덕였다. 직후 눈부신 조명이 반짝이고, 섬광이 날아다녔다. 고삐 풀린 듯 소리가 흘러넘쳤다. 귀가 아플 정도의 함성이 라이브 하우스를 흔들고, 빛 속에 그들이 있었다.

Re:vale다.

강렬한 광경에 모모는 순식간에 시선을 빼앗겼다. 그들이 내딛는 발끝에, 뻗은 팔에, 두근두근 심장이 고동쳤다. Re:vale의 댄스는 격렬하고 호쾌했다. 남자인 자신이 봐도 흠잡을 곳 없이 멋있었다. 그리고 CD를 통해 익숙해졌다 생각했던 그들의 목소리가 공연장에 울려 퍼졌다.

모모는 머리를 한 대 맞은 것 같은 충격을 받았다. 그건 얌전하고 곱게 포장된 선물이 아니었다. 모모의 마음속에 있는 폭풍과 같은 굉음이었다. 한밤중에 베개를 적시던 모모의 흐느낌과 같은 것이었다. 거인이 집어 올려 흔들리는 탑처럼 모모는 붕괴 직전까지 계속 압도당했다.

그날부터 모모는 꿈이 부서진 축구소년이 아니라 Re:vale의 팬인 모모가 되었다.

루리에게 Re:vale의 CD를 빌리고 전부 다 들었다. 바로 다음 날에는 자신의 CD를 사서 모았다. Re:vale의 라이브로 일정을 채우고는 문턱이 닳도록 드나들었다.

고개만 숙인 채 살 줄 알았던 미래에 서광이 비쳤다. 라이브하우스에 다니며 덕질할 친구도 생겼다. Re:vale에 대해 얘기

를 나누고, 그들의 음악을 듣고, 그들을 응원하는 것이 모모의 행복이 되었다.

지금까지 연예인에 관심이 없었던 만큼 모모는 맹신적으로 빠져들었다. Re:vale는 아직 데뷔 전인 그룹이라 가까운 거리 감에 친근함을 느끼는 팬도 많았다. 하지만 모모에게 있어서 무대에서 노래하는 사람은 방송에 나오는 가수와 똑같이 스타였다. 실제로 방송에 나오는 연예인보다 Re:vale가 훨씬 더 멋있었다. 반은 모델처럼 스타일이 좋았고, 유키의 미모는 어떤 화려한 광고보다도 인상에 남았다.

Re:vale가 좋아지자 두 사람의 관계성이 궁금해지기 시작했다.

"반 씨가 더 연상인 거지? 서로 어디서 알게 된 걸까?"

"고등학교 때부터 친구래. 근데 학교는 따로였다니 진짜 운명 아니야?!"

"굉장하다! 멋있어! 그럼 계속 친구였던 거네?"

"친구라기보다 거의 반 씨가 유키 씨를 돌봐주고 있지. 반 씨는 MC 보면서 멘트로 유키 씨 칭찬도 엄청 하는데, 유키 씨는 아무 말도 안 하더라. 매번 사람을 휘두르는 주제에 너무 잘난 척하는 것 같아. 반 씨가 너무 불쌍해!"

그건 아닌 것 같은데, 라고 모모는 생각했다.

아무 일 없을 땐 반이 유키를 돌보는 것 같지만, 무슨 일이 있을 때는 그 반대다. 소리가 흐트러지거나 조명이 이상할 때 유키는 반을 보는데, 그러면 반은 바로 스태프에게 시선이나 손가락으로 지시를 한다. 문제가 생길 때 시선이 모이는 사람이 키맨이다.

'Re:vale를 이끄는 건 반 씨가 아닐까? 유키 씨는 반 씨를 믿고 자길 다 내맡긴 느낌이야. 감독에게 자신의 플레이를 맡기는 선수처럼······.'

그렇게 상상해 보지만, 잘 웃는 반과 달리 무뚝뚝한 유키의 정체는 종잡을 수가 없다. 서늘한 얼굴, 슬퍼 보이는 눈매, 힘을 뺀 나른한 웃음.

대체 무슨 생각을 하는 걸까?

어느 날, 무대 위의 유키와 눈이 마주쳤다.

모모는 너무 놀라서 기분 탓이 아닐까 하고 자신의 눈을 의심했다. 하지만 분명 유키는 자신을 보고 있었다. 오랫동안 시선을 떼지 않은 채.

번개에 맞은 것처럼 심장이 두근거리고, 팔다리에 힘이 풀렸다. 유키와 눈이 마주쳤다. 유키가 자신을 봤다.

시간이 흐르면서 스멀스멀 흥분의 여파가 밀려왔다. 루리의 말은 사실이었다. 눈이 마주치는 순간이 진짜로 있었던 것이다.

그리고 그 순간, 나만의 스타가 되었다.

'뭐야……. 아이돌 진짜 굉장해…….'

그건 갑자기 주어진 행운이다. 천사의 화살이 날아가 수많은 사람 중 나만을 선택한 행운.

지금까지 자신의 손으로 직접 행복을 쟁취해온 모모는 불현듯 날아든 행복의 섬광에 당황하면서도 황홀해졌다. 피땀어린 노력이나 머리를 쓰는 전략 없이도 그저 서 있는 것만으로 양손 가득 행복이 쥐어졌다.

모모의 행운은 그것뿐만이 아니었다. 어떤 사건을 계기로 Re:vale의 두 사람과 직접 얘기도 할 수 있게 된 것이다.

게다가 연락처 교환은 물론, 가끔 도우미로 불려가는 일까지 생겼다.

꿈같은 일의 연속이었다.

"좋겠다. 모모만 치사해……."

입을 삐죽거리는 루리에게 모모는 자랑스레 웃었다.

"남자 일손이 필요해서 그래! 재밌는 얘기 들으면 누나한테도 말해줄게!"

"꼭이야! 몰래 사진도 찍어와!"

"에엥—?! 그런 건 못 해!"

모모는 웃으면서 라이브 하우스로 향했다.

스태프로 일을 도와주는 동안 Re:vale의 본명도 알게 됐다. 오오가미 반리와 오리카사 유키토. 이름까지 진짜 멋지다. Re:vale를 위해 모모는 열심히 일했다. 활기차고, 부지런한 일 꾼인 모모는 스태프들과 Re:vale 멤버들에게도 귀여움을 받았다. 특히 반리가 모모를 눈여겨봤다.

"괜찮아? 너무 열심히 안 해도 되니까 힘들면 말해."

"와, 완전 괜찮아요! 제가 체력 하난 자신 있거든요!"

반리가 말을 걸면 모모의 머릿속은 새하얘진다. 눈부신 조명을 받으며 무대 위에서 노래하던 사람이 지금 눈앞에 있는 것이다. 모두의 스타와 1대1로 얘기한다는 고양감과 긴장감에 제대로 눈도 마주칠 수가 없었다.

여자였다면 '좀 더 그들과 가까워지고 싶다'는 욕구가 생겼을

지도 모른다. 하지만 모모는 히어로쇼의 히어로와 악수를 했을 때도 '우와! 악수했다—! 대박—!'이라고 외치는 것으로 충분했다. Re:vale도 마찬가지다. '우와— 반 씨다—!', '우와— 유키 씨다—!'라며 방방 뛴 후 어떻게 해야 할지 알 수가 없었다.

그랬는데 Re:vale의 두 사람은 어째선지 모모 옆에 있는 시간이 길었다.

"모모 군, 점심은?"

"앗, 도시락 갖고 왔어요!"

"그렇구나. 너만 괜찮다면 같이 먹으려고 했는데. 직접 싼 거야?"

"엄……, 어머니가 들려주셨어요!"

"다정하시네."

반리는 상쾌하게 미소 지었다. 엄청 멋지다. 모모는 얼굴이 빨개져서 슬쩍 땀을 닦았다.

"유유유, 유키 씨는……요?"

"아아, 그 녀석은 내 뒤만 졸졸 따라다니고 아무것도 안 하길래 다른 사람들하고 좀 어울리라고 했지."

"그렇군요. 두 분은 정말 사이가 좋으시네요!"

반리는 쑥스러운 것도 아니고, 득의양양한 것도 아닌 조금 난감한 표정을 지었다.

그 표정은 조금, 의외였다.

"너무 응석을 받아주면 안 된다는 거 아는데, 나도 모르게 그만."

"응석을 받아준다고요?"

"응, 그렇게 안 보여?"

"아니, 늘 반 씨가 유키 씨를 혼내고 계셔서……."

"아하하."

반리는 웃으면서 목장갑을 낀 손등으로 이마의 땀을 닦았다. 남동생을 보듯이 반리는 모모를 다정하게 바라봤다.

"모모 군, 유키랑 친하게 지내줘. 그 녀석 무뚝뚝해도 속은 다정하니까."

"제가 어떻게 감히! 유키 씨가 다정한 건 저도 잘 알아요."

"그게 아니라 으음, 이거 얘기하면 혼나려나? 그 녀석 사실……."

반리의 말은 중간에 비명으로 바뀌었다. 갑자기 펄쩍 뛰어오르나 싶더니 겁먹은 듯 모모 뒤로 숨었다.

뒤를 돌아보니 발밑에 큰 거미가 있었다. 반리는 벌레에 약했다.

"반 씨, 괜찮아요! 제가 치울게요!"

"미안, 미안!"

남자다운 반리가 허둥대는 모습이 귀여워서 모모는 웃었다. 의욕적으로 티슈를 손에 들었다. 이런 쪽으로는 자신이 있다. 두 사람과 친해지기보다 두 사람에게 도움이 되는 게 더 기뻤다.

"반."

멀리서 서늘한 목소리가 울렸다. 뒤를 돌아보니 유키가 있었다.

유키를 보면 모모는 긴장되고 가슴이 두근거린다. 처음 눈이 마주친 날의 충격이 아직도 가시지 않은 건지 모른다. 무의식적으로 숨이 가빠지고, 등이 꼿꼿해진다.

유키의 분위기는 독특하다. 차가워 보이면서 부드럽고, 날카로워 보이면서 나른하고, 색기가 있는데 결벽증이다. 아무튼 잘생겼다.

"비명소리가 나서."

"거미가 나왔어. 이렇게 큰 게."

"그렇게 큰 거미는 없어. 그건 거의 신발 크기 아냐?"

"그런 말 하지 마! 신발도 못 신게 된다고!"

유키가 힐끔 모모를 쳐다봤다.

템포가 어긋난 동영상처럼 느긋하게 유키의 얇은 입술이 움직였다.

"모모 군이 처리해 줬구나?"

"앗, 네."

유키는 미소 지었다.

쿨한 유키의 달콤한 미소에 동요해 모모는 얼굴이 더 빨개졌다. 고개를 숙였다 다시 얼굴을 들어도 유키는 여전히 모모를 보고 있었다.

유키의 눈빛은 늘 뭔가를 기다리는 것 같았다.

유키가 뭘 기다리고 있는지 지금도 모모는 모른다.

알고 있는 건 자신이 채워줄 수 없는 게 있다는 것뿐.

운명의 사고가 일어났다.

만일 없어진 게 유키였다면 모모는 Re:vale가 되지 않았을

것이다.

반리보다 유키를 더 좋아해서가 아니다. 실종된 게 유키였다면 반리는 무대에 서서 자신들의 팬을 향해 설명을 해줬을 것이다.

"그 바보가 없어졌어요. 걱정 끼쳐서 미안하지만, 그 녀석을 찾아올 때까지 다들 Re:vale를 잊지 말고 기다려주세요."

"물론이죠! 계속 팬으로 있을게요!"

그렇게 부르짖는 자신을 상상할 수 있었다.

반리는 야무지고, 어느 때든 미소로 팬을 안심시켜주는 사람이었다. 그가 괜찮다고 하면 진짜로 괜찮아 보였다. 웃는 얼굴이 다정하고, 밝은 반리에겐 그런 여유와 품격이 있었다.

한편 유키는 팬인 모모조차 보고 있으면 조마조마해지는 사람이었다.

서툰 행동으로 일부 팬을 화나게 할 때도 있었다. 쿨한 반면에 섬세하고, 상처받기 쉬웠다. 유키가 없어도 반리는 헤쳐 나갈 수 있지만, 유키는 그러지 못할 것이다.

언제든 유키의 눈동자는 반리를 향해 있었다. 감독의 지시를 기다리는 선수처럼 반리를 지침으로 삼았던 것이다.

그런 반리가 사라지고, 유키가 아무렇지 않게 지낼 수 있을 리 없었다.

'괜찮을까, 유키 씨……'

반리가 사라졌단 얘기를 들었을 때 모모는 제일 먼저 유키를 걱정했다.

'상심하지 말아야 할 텐데……. Re:vale는 도와주는 스태프도 많으니까 누군가는 유키 씨 옆에 있을 거야……'

당연히 모모는 그렇게 생각했다. 자기보다 오래 알고 지낸 스태프가 많았으니까. 하지만 누구에게 물어봐도 유키의 근황을 아는 사람이 없었다.

"네? 아무도 유키 씨를 만나지 않았다고요?!"

"모모 군도 만나지 않는 게 좋아. 불쌍하긴 하지만, 워낙 거친 상태라 말을 걸어도 화만 낸다나 봐."

"그럴 수가……. 유키 씨가 얼마나 다정한데. 진짜 젠틀맨이라고요!"

"저기 말이야. 그렇게 말하는 사람은 모모 군뿐이거든?"

모모는 귀를 의심했다. 팬이라서 미화하는 게 아니라 유키는 정말 모모에게 잘해줬다.

"그렇지 않아요. 유키 씨는 늘 제게 말도 걸어주고······."

"말도 안 돼. 그 벽창호가 먼저 말을 건다고?"

"밥도 잘 사주고······."

"천만에. 절대 남에게 밥 같은 걸 살 사람이 아냐."

모모는 혼란스러웠다. 그럼, 지금 유키 씨에게 힘이 되어주는 사람은 없다는 거야?

"뭐, 그렇겠지? 늘 Re:vale의 스태프들과 연락을 취한 건 반리였고, 기본적으로 유키는 친구가 없으니까."

상상과 다른 유키의 상황에 모모는 가슴이 조여왔다. 그렇게 반리를 좋아하고, 쉽게 상처받는 유키가 혼자서 괜찮을까?

'괜찮을 리가 없지······.'

모모는 어느 라이브 날을 떠올렸다. 그날 유키는 웬일로 기분이 아주 좋았다. 팬은 감격했지만, 반리는 줄곧 유키를 노려보고 있었다. 유키는 술에 완전히 취해 있었던 것이다.

유키는 성인이고, 밴드 공연에서 보컬이 술에 취해 공연하는 일은 종종 있는 일이라고 한다. 하지만 Re:vale는 아이돌 그룹이었다. 유키가 멋대로 춤을 추기 시작하자 반리는 어딘가에 손짓을 해 음악을 멈추게 하고, 유키를 무대 뒤로 끌고 나갔다.

다시 나왔을 때 유키는 흠뻑 젖어 있었다. 유키는 당황한 얼굴로, 상쾌한 미소를 짓는 반리를 필사적으로 힐끗거리며 노래했다.

그때의 그 불안에 떨던 유키의 얼굴을 잊을 수가 없다.

'반 씨를 화나게 만든 것만으로도 유키 씨는 그렇게 약해졌는데……. 반 씨가 없어졌으니 얼마나 마음이 불안할까. 쓸데없는 참견인지 몰라도 유키 씨를 만나러 가자…….'

친한 친구 같은 행동은 주제넘겠지만, 어떤지 살피러 가는 정도라면. 다른 누군가가 옆에 있다면 그걸로 됐다. 이 눈으로 직접 확인한 후 힘드시겠지만 기운을 내달라고 하자.

하지만 모모가 만난 유키는 혼자였고, 예상대로 폐인이 되어 있었다.

모모는 경악하며 고독과 절망으로 황폐해진 유키의 눈을 바라봤다.

서늘한 눈매로 다정하게 미소를 짓던 유키가 여유가 없는 말로 모모에게 생채기를 냈다. 너무 슬펐다. 칼날 같은 말보다 상처 입은 짐승 같은 유키가.

'이대로는 안 돼.'

사명감이 모모를 움직이게 했다. Re:vale가 없어지는 건 말도 안 되는 일이다. 유키가 노래하지 않는다는 건 있을 수도 없는 일이다. 반리를 잃은 유키의 슬픔은 상상조차 되지 않지만, 모모 역시 잃고 싶지 않았다.

다정하고 멋진 반리와 유키의 빛나는 미래를. 모모가 누나나 다른 팬 친구들과 느꼈던 최고의 라이브를.

모모는 전심전력을 다해 필사적으로 유키를 설득했다. 무릎도 꿇고, 울기도 하고, 화도 냈다. 유키에게 자신의 의견을 밀어붙이는 게 너무 미안했지만, 밀어붙이고 또 밀어붙였다.

그리하여 길어야 5년. 반리를 찾을 때까지만 모모가 Re:vale에 들어가는 조건으로 유키는 다시 노래를 하겠다고 약속했다.

모모는 눈물이 나올 정도로 기뻤다. 다시 유키의 노래를 들을 수 있는 것이다. 자신처럼 누나와 팬 친구들도 분명 기뻐해 주겠지?

모모는 그렇게 믿었다. 사각지대에서 슬라이딩 태클을 받고 괴로워하며 뒹굴던 그날을 잊고.

"뭐……? 네가 반 씨 대신 멤버로 들어간다니 그게 무슨 소리야……?"

　환희의 미소를 보여줄 거라 생각했던 사람들은 날 불쾌한 듯이 노려보고 있었다.

　수개월 뒤——.

　도내의 한 카페에서 모모는 유키와 함께 어떤 인물을 만났다.

　오카자키 사무소의 린토라는 사람으로, 모모와 유키의 첫 라이브 공연에 반해서 꼭 자기네 사무소에서 데뷔해달라고 제안한 사람이었다.

　바로 데뷔 제안이 들어오다니 모모는 무척 기뻐했지만, 유키는 결사반대였다. 오카자키 사무소는 전에 한 번 계약을 맺었던 곳인데 반리의 부상을 이유로 계약이 백지화된 적이 있다고 한다.

　"다친 반을 방출했어. 그 쿠죠조차 수술비를 내주겠다고 했는데."

　"사장님이 반대했다고 들었어요. 오카자키 씨 본인은 데뷔시키고 싶었대요."

　"다친 반이 없어지고, 상처 없는 모모 군이 들어오니 자기들

입맛 따라 다시 온 거겠지. 오카자키 사무소만은 절대 싫어."

유키에겐 조금도 먹히지 않았지만, 린토는 나쁜 사람 같지 않았다. 제안을 해올 때도 줄곧 미안해하는 눈치였다.

"그땐 제 능력 부족으로 사장님을 설득하지 못해서 대단히 죄송했습니다……. 다시 한번 기회를 주시면 안 될까요? 반리 군 일은 유감이지만, 유키 군은 물론이고, 스태프로 일할 때부터 모모 군을 보며 무척 매력적인 친구라 생각했습니다. 부탁 드립니다. 이야기를 들어주세요."

예능 사무소라는 뒷배가 있으면 Re:vale는 더 커질 수 있다. Re:vale로 성공하면 반 씨도 안심하고 돌아올지 모른다.

간신히 유키를 설득해 카페까지 데려오긴 했지만, 그는 기분이 나쁜 듯 창밖만 내다볼 뿐이었다. 린토의 얼굴을 쳐다보려고도 하지 않았다.

"Re:vale의 곡은 전부 듣고 있습니다. 분명 두 사람은 성공할 거라 확신합니다. 작은 신생 회사지만, 모쪼록 두 사람의 힘을 빌려주세요."

무시하는 유키에게 린토는 머리를 숙이고 부탁했다. 'TV에 내보내 주겠다' 같은 말을 하지 않는 것에 모모는 호감을 느꼈다.

린토는 진심으로 Re:vale를 좋아하는 것 같았다. 그 사고만 아니었으면 이 회사에서 원만하게 유키랑 반리는 데뷔했을 것이다.

모모는 조심스레 유키의 얼굴을 훔쳐봤다.

"유키 씨, 수술비를 내준다는 조건을 내세우거나 사탕발림으로 속이는 것보다 할 수 없는 것을 할 수 없다고 말하는 것이 더 진정성 있다고 생각해요."

유키는 살짝 미간을 좁혔다. 창에서 시선을 떼고 모모를 바라봤다.

"하지만 반을 도와주지 않았어."

"우리도 돕고 싶었지만, 그러지 못했잖아요. 똑같은 거예요, 유키 씨. 돈이 없는 건 슬픈 일이지, 잘못은 아니에요."

고뇌로 미간을 좁히며 유키는 린토를 응시했다.

"……모모 군은 저 사람이 맘에 들어?"

"마음에 든다는 말은 너무 건방진 것 같지만……, 네."

"이유는?"

"유키 씨한테 미안해 하시니까요. 유키 씨를 돕지는 못해도 유키 씨를 배신하거나 이용할 사람 같진 않아요."

얼마간 유키는 표정을 누그러뜨렸다. 모모는 긴장을 풀고 웃는 얼굴로 말을 덧붙였다.

"돕는 건 제가 할게요. 그건 제 일이에요."

"……알았어. 생각해 볼게."

"고맙습니다!"

린토는 테이블에 이마가 닿을 정도로 깊이 감사 인사를 했다. 단, 이라며 유키가 덧붙였다.

"사장을 만나게 해줘. 당신은 그렇다 쳐도 당신 사장은 못 믿으니까. 다음에 또 우리를 버리면 모모 군까지 말려들게 돼. 그것만은 절대 용서 못 해."

자신을 생각해 주는 유키의 말에 모모는 가슴이 뜨거워졌다. 린토는 골똘히 생각한 끝에 알겠다며 씁쓸한 표정으로 대답했다.

"회사까지 안내해 드리죠. 모쪼록 원만하게 잘 부탁드립니다."

전철 이동이라 죄송하다며 미안해하면서 린토는 사무소까지 안내해 주었다.

맑고 푸른 하늘이 그들 위에 펼쳐져 있었다. 지나가던 사람들이 잘생긴 유키를 한 번씩 돌아봤다. 그의 조금 뒤에서 모모와 린토가 나란히 걸었다.

"모모 군은 대학생이셨죠? 가족분들은 연예계 활동을 반대하지 않으시나요?"

"아……. 네."

모모는 애매하게 답을 흐렸다.

아마도 모모는 집을 나오게 될 것이다. 그렇게 사이가 좋던 루리와 Re:vale 문제로 크게 싸웠기 때문이다.

"왜 네가 반 씨의 자리에 대신 들어가는데?! 설마 계속 노렸던 거야?! 반 씨가 다쳐서 잘됐다고 생각했어?! 유키도 그래. 어떻게 반 씨가 없는데 Re:vale를 계속할 수가 있어?!"

"아니야! 누나도 이대로 끝나는 건 싫다고……."

"모모는 교활해!"

루리는 울면서 책망하듯 모모를 노려봤다.

"축구도 하고, 꿈도 있고, 인기도 많고. 난 늘 모모와 비교 당해서 슬펐어! 네가 질투 났다고! 그래도 열심히 좋아하는 걸 찾아서 이제야 행복을 느꼈는데, 넌 그것마저 빼앗는 거야?!"

루리는 소리쳤다. 이제 모모의 얼굴 따위 보고 싶지 않아. 너 같은 건 딱 질색이야. 모모가 있을 거면 이 집도 나가겠어.

처음 듣는 루리의 고민에 부모님도 큰 충격을 받았다.

"루리는 여자고……. 저 상태로 독립시키는 건 아무래도 힘들 것 같아. 모모, 혼자 살아보고 싶다고 했었지?"

우회적으로 집에서 나가달라는 말을 들은 모모는 충격을 받았다.

"돈이라면 줄 테니까. 그리고 연예인이라니, 그런 꿈같은 얘기 진심은 아니지? 너한텐 무리야. 속고 있는 거라고. 그 유키란 사람 엄청 차갑다며?"

머릿속이 얼어붙은 채 무의식적으로 고개를 저으며 모모는 부모님의 지원를 고사했다. 자신이 하려는 일을 반대하는 부모에게서 돈을 받을 순 없었다.

"괜찮아. 회사에서 숙소를 빌려준다고 했어……. 대학도 그만 둘 생각이야. 여태 학비 내줬는데 정말 미안해. 그동안 감사했습니다."

"무슨 소리 하는 거니, 모모……."

"누나한테 미안하다고 전해줘."

그 뒤로 가족과는 제대로 대화하지 않고 있다. 엄마가 몇 번이나 연락을 했지만, 모모가 계속 피했다. 가족에게 그런 태도를 취한 건 처음이었다.

웅크리고 우는 누나한테서 뿜어져 나오던 슬픔과 질투와 미움이 모모의 몸에 들러붙어 있었다. 축구를 할 무렵에도 루리는 늘 자신을 응원해 줬다. 그 뒤에서 상처를 받고 있을 줄은 꿈에도 몰랐다.

린토를 따라 빌딩 숲을 걷는 모모의 옆으로 소년들이 뛰어갔다. 소년들의 때 타지 않은 미소에 가슴이 아파서 모모는 슬프게 눈을 감았다.

'난 정말 아무것도 몰랐구나…….'

밝고 노력가인 모모는 친구를 사랑하고, 가족을 사랑했다. 모모의 주변 역시 친절하고, 건전한 사람들뿐이라 질투나 미움과는 인연이 없다고 생각했다.

네가 질투 났다고. 그렇게 누군가의 어둠을 접한 건 처음이었다. 루리의 그 말이 비수처럼 가슴에 꽂혀 빠지지가 않는다.

모모는 몰랐다.

앞으로 모모를 기다리고 있는 것이 시기와 미움으로 범벅이 된 세상이란 걸.

이윽고 모모 자신조차도 그 어둠 속으로 빨려 들어가 버리게

되리란 걸.

"이쪽입니다."

오카자키 사무소는 상가 건물 3층에 있었다.

어수선하고 좁은 사무실에서 한 남자가 파일을 정리하고 있었다. 오카자키와 닮은 장신의 남자는 싱긋 웃었다.

"어서 와. 오카자키 린타로다. 린토에게 얘기 많이 들었어."

"저희 사장님이세요. 제 3살 위 형입니다."

정장을 입은 린타로는 반리 같은 능력남 분위기가 물씬 풍겼다. 자기소개를 하려던 모모보다 먼저 팔짱을 낀 채 유키가 입을 열었다.

"왜 계약을 백지화한 거지?"

"미안. 타협했어."

린타로는 솔직하게 사과했다. 유키의 이마에 핏대가 섰다. 그가 달려들지 않게 모모는 얼른 유키의 팔을 움켜잡았다.

만만치 않던 린타로의 미소에 희미하게 쓴맛이 어렸다.

"사고는 유감이야. 그가 사라질 만큼 궁지로 몬 거였다면 좀 더 시기를 달리해서 말했어야 하는 게 아닌가 싶었어. 정말 미안하다. 하지만 우린 신생 회사고, 리스크가 있는 아이를 지원

할 만한 환경이 되지 않았어."

"그런 변명을 납득할 것 같아?"

"아니, 하지만 너희가 필요해. 너희 가능성에 걸고 싶어."

유키는 린타로를 노려보기만 했다. 모모는 유키와 린타로의 얼굴을 번갈아 보면서 천천히 린타로에게 전했다.

"저희는 반 씨를 찾고 싶고, 그러기 위해 유명해지고 싶어요. 반 씨가 돌아오면 저는 빠질 거예요."

"그런 위험은 감수할 수 없는데. 너희가 데뷔하면 팬은 너희에게 붙을 거야. 반리 군을 넣고 모모 군을 빼는 건 불가능해."

"그럼 죄송하지만, 이 얘기는 없던 걸로 하겠습니다."

모모는 미련 없이 단호하게 잘라 말했다. 린타로는 난감한 듯 동생과 눈을 마주했다.

"……그건 반리 군을 찾은 후에 다시 생각하지. 하지만 린토는 너희 라이브를 보고 아주 좋았다고 했어."

자신을 인정해 줘도 모모는 기쁘지 않았다. 반리와 유키가 Re:vale였을 때의 라이브가 얼마나 훌륭했는지를 알기 때문이다.

유키의 팔을 잡은 손에 힘을 주고, 가만히 린타로를 관찰했다.

그가 유키를 위한 사람인지, 유키의 미래를 맡기기에 충분한 사람인지.

모모는 그들의 상황을 짐작해 봤다. Re:vale에 걸고 싶다는 마음은 아마 사실일 것이다. 신생 회사라 자금과 기회가 적기 때문에 어떻게든 경쟁에서 이기기 위해 우리를 선택한 거겠지.

어쩌면 입장상 우리가 유리할지도 모른다. 큰 회사에서 시키는 대로 해야 하는 것보다 자유롭게 행동할 수 있는 쪽이 유키 씨에겐 더 맞을 테니까.

무엇보다 반 씨가 한 번 계약하려 했던 사무소다. 반 씨는 혼자 Re:vale를 성공적으로 이끌어왔다. 그 비즈니스 감은 확실했다.

"알겠습니다. 유키 씨랑 좀 더 상의해 볼게요."

사무실을 나온 모모는 유키에게 물었다. 사무소와 계약할 때 원하는 조건이 뭔지. 오카자키 사무소는 신생이라 정해진 조건이 아직 없을 것이다.

유키는 놀라서 모모를 내려다봤다.

"모모 군은 오카자키 사무소랑 계약하고 싶어?"

"반 씨가 계약하려 했던 회사니까 나쁜 곳은 아니라고 생각해요. 나머진 얼마나 우리에게 유리한 계약을 하느냐죠. 유키씨가 절대 양보할 수 없는 걸 말해봐요."

"…………."

"……마음이 안 내켜요?"

"반이 알면 실망하지 않을까? 자기를 자른 곳에서 시작하다니……."

모모는 눈을 내리깐 유키에게 웃어주며 그의 손을 꼭 잡았다.

"걱정 마요. 유키 씨답게 노래할 수 있는 곳이라고 반 씨도 말했잖아요. 이 사무소라면 유키 씨의 노래를 지킬 수 있을 거예요. 제가 지켜줄게요."

유키는 한참을 입을 다물고 고민했지만, 결국엔 승낙해 줬다.

"……알았어. 모모 군이 그렇게 말한다면…."

모모는 미소 지었다. 유키와 팀이 되어서야 알게 됐지만, 그는 비즈니스 쪽에 관심이 없었다. 그 부분은 앞으로 자신이 해결해 나가야 할 것이다.

유키에게 조건을 확인한 후 모모는 오카자키 사무소와 교섭을 했다. 그들은 거의 모든 조건을 다 받아들여 주었다. 사무실을 나서는데 동생인 린토가 달려왔다. 숨을 헐떡이며 그는 소리쳤다.

"유키 군, 모모 군, 저는 진심이에요. 진심으로 Re:vale를 톱 아이돌로 만들고 싶어요!"

처음 들은 린토의 큰 목소리에 마음이 요동쳤다. 그는 직각으로 몸을 굽히며 깍듯이 인사를 했다.

"잘 부탁드립니다!"

멀리서 아이들의 웃음소리가 들렸다. 유키가 모모의 팔을 꽉 움켜쥐었다.

올려다보니 유키는 날카롭게 눈을 찌푸리고 있었다.

그건 분노가 아니라 미래에 대한 기도였다. 그의 의지를 전해 받은 모모는 큰 소리로 답했다.

"저희야말로 잘 부탁드립니다!"

이리하여 Re:vale는 오카자키 사무소 소속이 되었다.

모모는 유키와 같이 살면서 레슨과 일, 알바로 바쁜 나날을 보내고 있었다.

눈이 팽팽 돌 정도로 어지러운 하루하루는 힘들었지만, 괴롭진 않았다. 유키가 늘 옆에 있었기 때문이다.

알바로 녹초가 되어도 유키가 집에서 그를 맞이해 준다. 가족과 소원해졌어도 유키가 자신에게 웃어준다. 유키를 위해서라면 흐르는 땀도, 눈물도, 그 어떤 고생도 모모는 유키를 위해서라면 뿌듯했다.

체육계 연공서열 사회에서 자란 탓에 맹신적인 동경을 품은 모모는 시종처럼 유키를 받들었다. 모모에게 있어 두 사람의 관계는 왕과 기사이자 대장과 대원이며, 신과 신도였다.

가능하면 모모는 유키에게 알바도, 집안일도 시키고 싶지 않았다. 깨끗하고 넓은 집에서 노래만 만들게 해주고 싶었다.

유키가 고생하는 게 싫었다. 배우인 치바 시즈오의 심부름을 하거나 첨단 공포증을 극복하기 위해 피어싱을 뚫으려고 할 때마다 모모는 분노에 가까운 분함을 느꼈다.

유키의 고생은 자신의 부족함 때문이다. 반리와 있을 때의 유키는 그런 일을 하지 않았다.

좀 더 머리를 쓰고, 온몸을 던져 전심전력으로 유키를 지원

해줘야 한다.

'난 파트너가 아냐. 난 유키 씨의 방패면 족해.'

그와 함께 노래하는 걸 순수하게 기뻐하면 누나의 말이 진짜가 되고 만다.

—계속 노렸던 거야?!

—반 씨가 다쳐서 잘됐다 생각했어?!

"모모 군, 좀 더 솔직해져 봐."

같이 사는 것도 익숙해지기 시작했을 무렵, 유키 씨가 불만스러운 듯 말했다. 낯가림의 화신 같던 유키는 이제 모모에게 딱 달라붙어 있었다. 늘 반리 옆에 붙어 있었던 것처럼 모모의 옆에 있으려고 했다.

쿨하고 담백한 줄 알았던 유키는 외로움 잘 타고, 농담을 좋아하며, 잘 웃는 사람이었다. 물론 꽃미남에 여전히 멋지지만, 상상 이상으로 그는 자신의 관심을 받고 싶어했다.

모모의 방침에 반하는 유키의 주장이 모모는 늘 난감했다.

"솔직해지라고 해도……."

"이제 그렇게 눈치 보지 않아도 돼. 반처럼 매섭게 혼을 내도 좋아."

"그, 그렇게는 못해요!"

"존댓말도 그만 써. 호칭도 이름으로 부르고. 오카자키 씨가 그랬잖아. 존댓말을 쓰지 않는 게 훨씬 친근한 인상을 준다고."

일을 이유로 들면 모모는 반박을 할 수가 없다. 땀을 삐질삐질 흘리며 턱을 깊이 당기고, 우물거리는 모모를, 유키는 히죽히죽 웃으며 보고 있었다.

얼굴이 빨개진 채 모모는 존칭을 빼고 그의 이름을 불렀다.

"유…… 유키토……."

"아, 본명으로?"

"어?! 아닌가요?! 뭔가 잘못 됐나요?!"

안색이 변하는 모모를 보며 유키는 키득키득 웃었다.

유키는 모모와 친구가 되고 싶었다. 친구와의 이별에 후회가 있기에 그는 반리에게 못한 걸 모모에게 해주려고 했다.

그럴 때마다 모모는 쑥스럽고 곤혹스러웠다. 기쁘지 않은 건 아니다. 하지만 선을 확실히 긋고 유키를 대하지 않으면 분수도 모르는 착각에 빠질 것만 같았다.

반리를 대신해서 여기 있는 건데.

'반 씨, 꼭 성공해서 유키 씨랑 톱에 서게 해줄게요. 그러니

까 돌아오세요.'

바쁜 나날에도 틈틈이 짬을 내서 모모는 반리를 찾아다녔
다. 유키한테 물어서 반리가 가고 싶어 했던 곳이나 두 사람의
추억의 장소를 찾아갔다.

"Re:vale의 반이⋯⋯."

거리를 걷다 누군가의 말소리를 듣고, 황급히 달려간 적도 있
다.

"반 씨에 대해 알아요?! 반 씨가 어딨는지 알아요?!"

"Re:vale의 모모?!"

발길을 멈췄던 여자들은 고개를 젓고는 가버렸다. 모모를 바
라보는 눈은 루리와 마찬가지로 냉랭했다.

쿡쿡 위가 쑤시는 것 같은 아픔을 느끼면서 모모는 한숨을
내쉬었다.

'당연해. 나 역시 아무것도 몰랐다면 유키 씨 옆에 있는 놈을
똑같은 눈으로 봤을 테니까. 넌 뭐야. 너 같은 건 필요 없거든?
이러면서⋯⋯.'

늘 다정한 눈으로 웃어주던 반리의 얼굴이 뇌리를 스쳐갔다.

모두가 그 사람을 잃고 싶지 않았던 것이다.

'보고 싶다……. 다시 만나면 잘했다고 칭찬해줄까?'

그날을 꿈꾸며 모모는 전력을 다해 노력했다.

반리 찾기와는 달리 Re:vale 쪽은 순조로웠다. 처음 1년은 먹고 살기도 어려웠지만, 유키의 영화출연과 앨범 발매에 맞춰 바람이 불기 시작했다.

'배우 재능도 있다니 역시 유키 씨!'

라고 감격만 할 때가 아니다. 모모도 일을 늘려 유키를 도와야 한다.

거기서 주목한 게 예능이었다. 처음엔 영문도 모른 채 유키와 함께 출연을 했고, 말도 거의 못 했지만, 한 번의 출연으로 모모는 바로 방송의 구조를 파악했다.

MC와 메인 게스트, 개성적인 게스트. 그 조합은 축구와 비슷했다. 사령탑이 있고, 에이스가 있는가 하면 각각의 다른 포지션이 있다.

웃음을 주는 사람, 투덜거리는 사람, 여성 시청자용 멘트를 치는 사람, 연장자용 멘트를 치는 사람. 역할을 잘 소화한 사람들의 말이 우선적으로 방송된다.

혼자만 눈에 띄려 해도 팀워크가 무너지기 때문에 방송에선

다 잘린다. 그럼 어떡해야 할까.

'팔리지 않는 내 입장에서 노릴 만한 포지션은 에이스에게 패스하거나 사령탑을 실드 치는 역할. 메인 게스트에게 멘트를 치고, MC가 곤란해할 때 끼어들자.'

모모의 노림수는 적중했다. 우선 출연자를 살피고, 누가 메인 게스트인지 파악한다. 돈을 써서 부른 게스트에겐 스태프도 말을 시키고 싶을 것이다. 다시 말해 에이스가 슛을 쏘도록 하고 싶을 터.

내성적인 젊은 배우에게 질문을 하고, 새침한 미녀 가수에게 화제를 던졌다. 그러자 카메라에 비치는 횟수가 늘고, MC도 그를 언급하기 시작했다.

모모는 스태프와 적극적으로 친해졌다. 아무리 바빠도 회식 자리는 반드시 응했다. 한밤중에 귀가하는 모모에게 유키는 언짢아했지만, 술자리는 자신들을 알리는 절호의 기회였다. 복잡하게 얽힌 업계의 인간관계나 역학관계도 장악할 수 있다.

'저 사람은 포지션도 좋은데 엄청 미움받네? 저 포지션에 있으면서 미움받는다는 건 득점은 잘하는데 인성이 별로란 거겠지? 꼭 옛날 유키 씨 같다……. 아니, 아니, 방금 말은 취소!'

그런 사람을 발견하면, 모모는 적극적으로 다가갔다. 까다로운 인물과 스태프 사이에서 자신이 쿠션 역할을 함으로써 현장을 원활하게 만들어 갔다. 그러자 그 인물이 있는 현장엔 모모를 부르는 게 낫다고 판단되어 일이 늘었다.

남들이 싫어하는 일을 솔선해서 받으며 모모는 자신의 수요를 늘려갔다.

아이돌 활동도 꺼리지 않고 뭐든 했다. 오카자키 엔터는 경험과 실적이 없어서 무슨 일이든 닥치는 대로 받았다. 악수회, *체키회, 벽치기회 같은 것도 했다. 귀찮아할 줄 알았던 유키도 아주 성실히 따라주고 있었다. 부르면 전국 어디든 날아갔다.

마침내 두 사람의 캐릭터도 인정받기 시작했다. 촉망받는 신인배우 유키와 예능에 강한 모모. 무엇보다 Re:vale의 강점은 음악과 라이브였다.

바빠진 만큼 유키는 라이브에 굶주려 있었다. 모모는 계산적으로 일하는 만큼 사람들을 행복하게 해주고 싶었다. 그런 두 사람의 마음이 해방된 라이브는 노래도, 춤도, 팬서비스도 최고조였다.

하지만 좋은 일만 있는 건 아니다. 스토커가 생기고, 스캔들

*체키회 : 팬을 가운데 두고 아이돌과 즉석 사진을 찍는 행사.

이 나고, 선배에게 괴롭힘을 당하는가 하면 스카우트 당할 뻔하기도 했다. 그럴 때마다 모모는 적극적으로 나서 유키의 안전과 명예를 지켰다.

'난 얼마든지 때가 타도 상관없으니까 유키 씨만은 흠 없이 업계에 남길 거야.'

유키가 모르는 곳에서 업계 사람들의 억지 요구를 얼마나 많이 들어줬는지 헤아릴 수도 없을 정도다. 유키에게 감사를 받고 싶은 생각은 없었다. 알면 유키가 슬퍼할 테니까.

자신은 유키를 위해 존재한다.

그것은 공연장에서 그와 처음 눈이 마주친 순간 느꼈던 감격의 연장선이다.

머리가 마비되어 아무것도 생각할 수 없고, 주어진 행복에 취해 계속 달려갔다.

유키가 인정해줄 때마다, Re:vale가 유명해질 때마다 모모는 기뻤다. 랭킹에 Re:vale의 이름이 오른 날에 축하한단 말을 들을 때마다 눈물이 어렸다.

유키와 둘이 좁은 원룸에서 맥주로 건배를 하던 밤은 인생 최고의 추억이다.

"건배!"

"건배. 오늘 밤엔 초호화 전골이야."

"와—! 건더기가 한가득!"

거나하게 취한 유키는 쑥스러운 듯 모모에게 이렇게 말했다.

"고마워, 모모. 네가 없었다면 난 아마 어느 길바닥에서 죽었을 거야. 모모가 내 파트너라 다행이야."

그 이상의 행복은 없었다. 유키가 후회하고 있지 않을까 모모는 늘 불안했었다.

자신 때문에 예능 출연이 늘었고, 자신이 오카자키 사무소를 추천해서 가난해져 버렸다. 곡도 만들지 못하면서 유키랑 노래하겠다고 덜컥 약속해버렸다.

그런데도 내가 파트너라 다행이라고 말해준다.

눈물이 앞을 가려 유키 모습이 제대로 보이지 않는 게 아깝고 분했다. 싸구려 월셋집 전등 아래서도 유키는 아름답고 잘생겼다.

모모가 동경한 모습 그대로 거기 있었다.

계절은 돌고 돌아 여름이 찾아왔다. 수입도 안정되기 시작한 어느 날, 유키가 모모에게 말했다.

"오늘 오랜만에 둘 다 오프니까 나가자."

"이 더위에?! 웬일이야, 유키. 어디 가는데?"

"비밀."

기분이 좋은 유키는 행선지를 비밀로 했다.

대충 변장을 하고 모모는 유키와 나란히 걸었다. 중간에 몇 명인가 말을 걸어왔다.

"Re:vale 아니에요?! 저 완전 팬이에요!"

"정말?! 고마워!"

여자와 악수하면서 모모는 유키와 마주 보고 웃었다.

"요즘 알아보는 사람이 많아진 것 같아."

"그러게."

"뭐, 유키는 전부터도 작업 거는 사람이 많았지만."

"오늘은 내가 모모를 꼬셨잖아."

"아하하! 그거랑 이건 다르지!"

여름의 햇빛이 반짝반짝 빛나고, 피부가 조금씩 그을어간다. 달아오른 아스팔트도, 눈부신 빌딩 창문도 유키와 걸으며 보는 풍경은 낙원의 바캉스 같았다.

길어진 유키의 머리가 여름 바람에 찰랑거렸다. 모모는 눈을 가늘게 뜨고 이대로 시간이 멈추면 좋겠다고 생각했다.

유키가 데려간 곳은 축구 경기장이었다. 모모가 응원하던 팀의 경기가 열리고 있는 곳이다.

눈이 휘둥그레진 모모에게 유키는 티켓을 내밀었다.

"깜짝 놀랐지?"

"응⋯⋯."

"모모한테 답례로 뭐가 좋을까 고민했는데, 늘 TV로 응원하길래. 기뻐?"

"응, 기뻐! 울트라 해피! 난 아무것도 한 게 없는데 답례라니⋯⋯."

다정하게 눈꼬리를 휘며 유키는 행복한 듯 웃었다.

본 적 없는 유키의 달콤한 미소에 모모는 눈길을 빼앗겼다. 쿨한 꽃미남이 모모가 좋아할 만한 서프라이즈 선물을 주고는 천진난만한 아이 같은 표정을 짓고 있었다.

마치 자신을 특별히 생각하는 것처럼. 자신을 애정하기라도 하듯이.

"자리를 찾자, 모모. 한 번 더 묻겠는데, 정말 기뻐?"

"응, 기뻐⋯⋯."

"깜짝 놀랐어?"

"응, 완전······."

"후후후."

모모의 얼굴을 확인하고는 유키는 자신만만하게 웃었다.

모모의 손바닥에, 양발에, 마음에 조금씩 힘이 차올랐다. 신의 키스로 소생한 벌레처럼 모모의 모든 것이 생명력과 기적으로 가득 빛나고 있었다.

푸른 하늘도, 한여름의 태양도, 흰 구름도, 세상에서 날 제일 사랑하는 게 틀림없다.

자리에 나란히 앉아 큰 소리로 응원하며 같이 경기를 관전했다. 땡볕 아래에도, 시합이 연장되어도, 유키는 싫어하지 않았다. 즐거워하는 모모의 얼굴을 보고는 즐거운 듯 웃었다. 유키가 기뻐하니 모모도 일부러 아이처럼 더 즐거워했다.

유키의 우정과 호의가 이젠 확실히 느껴진다. 유키는 자신을 좋아한다. 유키에게 자신은 특별한 사람인 것이다. 이토록 자신을 소중히 아껴주고, 이토록 자신과의 시간을 즐기고 있다.

"혹시 Re:vale 아니에요?"

"비밀."

"데이트 중이라서!"

팬의 질문에 대답하는 음색에도 들뜬 모모의 환희는 흘러넘치고 있었다. Re:vale는, 유키의 파트너는, 바로 자신이라고.

"Re:vale의 반이⋯⋯."

들려오는 소리에 움찔 온몸이 경직됐다.

예능프로 야외 녹화 중이었다. 거리에서 의상을 점검하던 모모는 스태프가 알아볼 정도로 안색이 달라졌다.

"왜 그래요, 모모 씨?"

"아뇨, 아무것도 아니에요."

시선으로만 주위를 살폈다. 둥글게 둘러싸고 로케를 구경하는 일반인과 그 뒤쪽으로 지나가는 사람들. 누군가 말을 하고 있었지만, 알아채지 못했다.

두근두근 울리는 심장 소리를 느끼면서 모모는 당황했다. 왜 움찔한 거지? 옛날엔 달려가서 캐물었잖아. 반 씨가 어디 있는지 아냐며.

왜 이젠 달려가 묻지 않는 거지?

"⋯⋯좋아했었는데. 지금 어디서 뭐 하고 있을까⋯⋯?"

멀리서 들리는 소리에 모모는 휴, 하고 한숨을 내쉬었다. 뭐야, 알고 있단 얘기가 아니구나.

다행이다, 라고 안도하면서 등 뒤로 식은땀을 흘렸다.

'왜 안도하는 거지? 반 씨를 찾고 있었잖아.'

반리를 찾기 위해 Re:vale가 되었다. 반리와의 재회가 유키의 가장 큰 바람이다.

그날은 하루 종일 진정이 되지 않았다. 그때 꼼짝할 수 없었던 자신을 떠올리고 머릿속으로 몇 번이나 변명을 했다.

'그래. 일하는 중이니까…. 그저 그뿐. 일하다 말고 나갈 수 없어서 안도한 거야.'

마음이 무겁다. 빨리 좁은 집에 돌아가 유키의 얼굴을 보고 싶다. 모모가 너무 좋다며 웃는 그의 눈빛을 확인해야 이 씁쓸하고 답답한 기분도 어디론가 사라질 것 같았다.

"다녀왔습니다. 유키, 오카링한테 이사 자료 받았어?"

대답이 없었다.

이상히 여긴 모모는 살며시 유키 뒤로 다가가다 놀라 멈춰섰다.

유키는 앨범의 사진을 보고 있었다. 옛날 친한 스태프에게 받았다는 Re:vale의 앨범이다. 거기엔 반리와 유키가 당연한 듯 나란히 서 있었다.

움직이지 않고 서 있는 모모를 유키가 돌아봤다.

"아……. 어서 와. 근데 뭐라고 했어?"

—내가 있어서 다행이라고 했으면서!

반사적으로 튀어나온 불만에 모모는 격렬하게 동요했다. 비틀거리며 도망치듯 화장실로 뛰어들었다.

"모모?"

"아무것도 아냐!"

모모는 방문을 닫았다. 벌렁벌렁거리는 불쾌한 답답함에 심장 고동이 빨라졌다. 오래 끓인 기름처럼 찐득찐득한 감정이 위 속에서 소용돌이쳤다.

소리치고 싶은 충동이 마구 치밀어 올랐다. 이건 그날 웅크리고 울던 루리의 몸에서 튀어나오던 것들이다.

—네가 질투 났다고!

'설마.'

내가 그럴 리가. 모모는 입을 막고 떨었다.

순간 반리의 다정한 미소가 뇌리를 스쳐갔다. 그 얼굴에 손

톱을 세우듯이 모모는 잔상을 지웠다.

'아냐, 아니야. 알고 있어. 난 그저 대신일 뿐이란 거 잘 알아.'

문득 노크하는 소리가 들려왔다. 야밤에 시체를 묻다 들키기라도 한 것처럼 모모는 놀라서 펄쩍 뛰어올랐다.

"왜, 왜?"

"……괜찮아? 어디 안 좋아?"

식은땀을 닦으면서 억지로 뺨을 끌어올려 웃었다. 좁은 방 안에서 힘차게 고개를 저었다.

"아냐, 괜찮아!"

모모의 손바닥 아래에서 심장이 계속 괴롭게 비명을 질렀다.

'대신이라고 하지 마.'

감옥에 갇힌 괴물처럼 계속 비명을 질러댔다.

객석에 있던 자신은 유키나 Re:vale에게 뭔가를 요구한 적이 없었는데.

'계속 나랑 같이 노래하고 싶다고 해줘.'

붉은 석양이 고층 빌딩 숲 사이로 저물어간다.

선글라스로 얼굴을 가리고, 주머니에 손을 넣은 채 모모는 황혼의 번화가를 걸었다.

스쳐가는 사람들이 모모를 돌아봤다. 그때마다 모모는 인상 좋게 입꼬리를 올렸다. 열심히 공을 쫓고, 동경하던 스타를 쫓았던 순진무구한 소년은 이제 없다.

가식적인 미소와 요염한 추파를 몸에 익힌 모모는 일몰의 도시를 걷는다. 주머니 속 휴대폰에는 몇 갠가의 연락이 들어와 있었다. 모모 군, 부탁이야. 모모 짱, 부탁이 있는데. 모모 씨, 얘기 좀 할 수 있을까요?

지금은 유키를 빼가려는 연예계 대형 기획사를 침묵시키기 위한 대책을 궁리 중이다. 통화 연결음이 울리고, 명품 팔찌를 늘어뜨린 채 모모는 통화를 기다렸다.

"여보세요, 료 씨? 저 Re:vale의 모모예요. 지난번엔 정말 신세 많이 졌습니다. 잠깐 상의할 게 있는데……. 아하하! 그런 건 아니고요."

거리가 장밋빛으로 물드는 아름다운 시각. 번화가의 미남미녀 사이에 있어도 모모는 전혀 뒤처지지 않는다. 자신감이 넘치는 애교 어린 미소는 누구나 매료시켰다. 손을 흔드는 작은 소녀를

발견하고, 모모는 통화를 하며 손을 마주 흔들어주었다.

지금의 모습을 옛날의 자신이 본다면 눈살을 찌푸릴지도 모른다. 뭐 하는 거냐, 너? 연예인 병이라도 걸린 거야?

반 씨와 유키를 위해 노래하는 거라며?

아직은 답이 나오지 않는다.

유키가 반리가 아닌 자신을 선택해 주길 바라지만, 만일 자기라면 자신을 감싸느라 다친 유키를 잊고, 다른 누군가를 선택할 수 없을 것이다. 새 파트너에게 '유키는 신경 쓰지 말라'고 말할 수 없겠지.

유키도 마찬가지다. 자신을 감싸고 모습을 감춘 반리를 잊는 건 불가능하리라. 그런 사람이니 자신도 여기까지 따라온 것이고.

통화를 끝낸 모모는 대로변에 접해 있는 큰 사무실로 들어섰다. 새 오카자키 사무소 사무실이 여기에 있다.

사무원이 파일을 정리하고 있었다. 린타로는 사장실에 있었다. 관엽식물이 놓인 응접실에 들어서니 린토와 유키는 먼저 도착해있었다.

눈썹을 올리고 모모는 밝게 웃었다.

"수고했어. 일찍 왔네? 유키."

"모모는 늦었네."

"촬영 스튜디오가 근처라 걸어왔어."

"팬한테 들키지 않았어요?"

상냥하게 린토가 미소 지었다. 그가 내준 차가운 차를 모모는 단숨에 들이켰다.

소파에 등을 대고 앉는데 느닷없이 유키가 손을 뻗었다. 모모의 선글라스를 끌어 내리고, 얼굴을 들여다봤다.

가만히 쳐다보니 모모는 쑥스럽고, 당혹스러웠다.

"왜, 왜 그래?"

유키는 웃었다. 모모가 슬퍼질 정도로 유키는 외모도, 마음도 옛날 그대로 변함없이 맑다. 순수하고, 꾸밈없는 말과 표정은 늘 천진하게 모모에게 극락을 보여준 후 지옥으로 떨어뜨린다.

특별히 잘해준다는 생각이 들 때도 있었다. 하지만 옛날과 달리 지금의 유키는 모두에게 다정하다. 결코 모모가 특별한 게 아니다.

무슨 생각을 하는 걸까? 이 윤곽 속 각 부위가 만들어내는 표정에 모모는 폭풍 치는 바다 위의 조각배처럼 끊임없이 요동

친다. 서늘한 얼굴, 슬퍼 보이는 눈매. 긴장을 푼 나른한 미소.

대체 무슨 생각을 하는 거지?

유키의 특별함을 찾아 확실히 내밀어진 답안지는 그날의 절규뿐이다.

"반……! 반……!"

그렇게 흐트러진 유키의 소리는 그 전에도, 후에도 들은 적이 없다.

"맨얼굴이 보고 싶어서."

선글라스를 가져가며 유키는 다정하게 웃었다. 그건 모모가 말할 수 없는 소망과 같다. 저항 없이 맨얼굴을 드러내면서 모모는 희미하게 쓴웃음을 지었다.

'맨얼굴 따윈 보일 수 없어, 유키. 진짜 나를 알면 유키는 환멸을 느낄 거야.'

반리가 죽는 꿈을 꾸고, 반리의 그림자에 겁을 먹는다. 자신의 고뇌를 알아채지 못하는 유키에게 불만을 품고 질투를 한다. 유키한테만은 절대 알리고 싶지 않은 모습이다.

자신은 그야말로 만월에 변신하는 늑대인간. 정체를 들키면 함께 있을 수 없을지도 모른다.

심장을 관통하는 은빛 총알을 기다리듯이 반리를 애타게 기다리던 날도 있었다. 송곳니와 발톱이 드러나기 전에, 유키 앞에서 웃는 경건한 신도로 있을 수 있는 동안 쏴주길 바랐다.

동경하는 두 사람을 우러러보는 것만으로 행복했던 자신을 기억하는 동안.

문득 무대 위의 유키와 처음 눈이 마주친 그 순간의 기억이 되살아났다.

시선이 얽히고 전신이 마비된 밤. 그렇게 먼 거리에 있어도 그 순간, 모모의 스타는 모모의 것이었다.

지금은 바로 옆에 있는데, 눈을 마주칠 수가 없다.

쓸쓸함도 달콤함도 다 알고 있는, 강인함과 색기를 띤 어른의 얼굴로 모모는 웃었다. 그래도 계속해 가겠지. 끝내는 건 불가능해.

제한시간이 다가올 때까지.

그렇게 카운트다운 소리를 들으면서 모모는 계속 달렸다.

JIMA 우승. 다이아몬드 디스크상 수상. 블랙 오어 화이트 뮤직 판타지아에서 우승.

계속 달리는 건 자신 있었다. 공을 쫓아다닐 무렵부터.

꾸준히 늘어나는 팬의 수. 꾸준히 늘어나는 스케줄. 영업용 스마일이 익숙해지고, 유키에게 거짓말하는 것도, 유키를 달래는 것도 익숙해졌다.

손에 넣은 것과 잃은 것. 달라지지 않은 것. 회사의 호의로 다른 집을 마련해 줘서 같이 사는 생활은 끝이 났다. 유키랑 같이 있을 땐 깨끗한 걸 좋아하는 유키에게 맞춰서 생활했지만, 각자 살게 되자마자 집은 엉망이 되었다.

우주처럼 팽창해가는 인맥, 빨랫감, 무서운 것, 소중한 것, 할 수 없는 말. 신에게 빌면서 악마와 손을 잡았다. 좋은 사람으로 있고 싶어서, 좋은 사람이라 불릴 때마다 두려웠다.

자의식이라는 자기 감시자에게 엄격한 관리를 받으면서 자신의 존재가치를 유키의 성공을 위한 것으로 한정시키면 뭘 해도 마음이 편했다. 그건 모모의 강점이자 약점이다.

모모의 마음이 조금만 더 약했다면 유키를 곤란하게 할 정도로 울고불고 떼를 썼겠지.

"내가 먼저 말할 순 없으니까 유키가 눈치를 채야지! 좀 더 날 소중하고 특별하게 대하란 말이야! 안 그럼 더는 못한다고.

나 이제 그만둘 거야!"

모모의 마음이 좀 더 강했다면 동요하지 않고 말했겠지.

"물론 반 씨도 소중한 사람이겠지만, 지금의 유키를 만든 건 나야. 연예계에서 Re:vale의 위치를 구축한 건 나라고."

모모는 어느 쪽도 되지 못했다. 그래서 오늘도 천국과 지옥을 오가며 누구보다 마음이 피폐해지는 진동폭으로 살아가고 있다. 물론 그건 그거대로 보통사람이 좀처럼 감당할 수 있는 것이 아니지만.

마음속 짐승은 두꺼운 사슬과 튼튼한 자물쇠로 가둬두었다. 모모의 계획은 성공했다. 하지만 영원히 계속 짖을 줄 알았던 성가신 괴물은 어느 날 갑자기 입을 다물어버렸다.

모모는 노래를 할 수 없게 된 것이다.

노래할 수 없는 모모는 Re:vale의 모모로 살아갈 수 없다. 마지막임을 안 모모는 유키와의 이별도 각오했다. 각오하면서 바라기도 했다. 모모는 줄곧 바랐던 것이다.

최악의 사태를.

'계속 나랑 같이 노래하고 싶다고 해줘.'

모모의 사악한 욕망을 이뤄준 건 비열한 악마도, 착한 여신

도 아니었다.

모모 때문에 이성을 잃은 유키의 커다란 호통이었다.

"그 녀석이 옆에 있어 줘서 난 음악을 계속할 수 있었어! 나한테 모모는 제로 이상의 가수야!"

그건 몇 년 전 사고가 난 날 밤 라이브 하우스에 울려 퍼지던 목소리와 똑같았다.

유키가 단 한 명의 파트너를 찾으며 필사적으로 부르짖던 소리.

모모가 손에 넣고 싶었던, 손에 넣고 싶어서 미칠 것 같았던 소리.

그 소리를 듣고 모모는 마침내 반리와 같은 위치에 섰다. 유키 옆에 자신의 자리를 찾을 수 있었던 것이다.

모모는 유키의 마음을 확인하고, 계속 찾아 헤매던 반리와 재회했다. 멋대로 겁먹고, 멋대로 질투했던 반리는 변함없이 다정한 눈동자로 웃어주었다. 무방비하게 우두커니 서 있는 모모도, 반리를 바라보는 유키도, 그때 그 모습 그대로 하나도 변한 게 없었다.

반리에게 유키와 모모의 Re:vale를 인정받은 후 모모는 노랫소리를 되찾았다.

5주년 기념 콘서트의 눈부신 무대. 모모를 기다리는 관객들의 함성.

동화라면 여기서 해피엔딩으로 끝이 나겠지.

하지만 Re:vale로 계속 활동하는 길을 선택한 모모는 기적과 행복을 자양분 삼아 일상을 살아가야 한다.

모모뿐만이 아니다.

유키도.

반리도.

"반리 군 찾았다며? 잘됐네."

어디서 얘기를 들었는지 사장실에서 린타로가 말을 꺼냈다. 모모는 바로 대답하지 못한 채 유키 쪽을 바라봤다. 5년 전보다 많이 누그러지긴 했지만, 유키는 반리 일로 린타로에게 유감이 있었다.

"당신은 아무것도 안 했으면서."

"찾고 싶은 마음이야 있었지. 그래서 모모는 이제 어쩔 거야?"

"어쩔 거냐니?"

"우리 회사에 처음 왔을 때 그랬잖아. Re:vale를 그만두 겠…… 아얏!"

린타로의 머리를 린토의 파일이 내려침과 동시에 유키의 손 이 린타로의 넥타이를 졸랐다.

"사장님, 그 건은 이미 다 정리된 사항이거든요?"

"나도 섬세함이 떨어지지만, 린타로도 적당히 좀 해."

"나도 모모가 그만두길 바란 건 아냐. 혹시 모르니까 확인하 려는 거지."

다짐을 받으려는 듯이 린타로가 모모를 바라봤다. 유키도, 린토도 모모의 말을 기다렸다.

모모는 긴장하면서 살짝 턱을 당겼다. 느슨하게 손가락을 쥐 면서 자기 입으로 확실히 말을 했다.

"그만두지 않아, 난……. 유키랑 계속 Re:vale 하고, 노래도 할 거야."

유키와 린토가 안도의 한숨을 내쉬었다. 내성적인 아이를 칭 찬하듯이 린타로는 미소 지었다.

"다행이네."

모모도 눈꼬리를 내리고 웃었다.

만면의 미소로 수긍하기엔 아직 시간이 걸리리라. 모모는 남의 아픔에 둔감하지도 않고, 자신의 행복에 교만하지도 않다.

반리는 예능 사무소의 사무원으로서 근무하고 있다고 한다. 이렇게 가까이 살고 있으면서도 반리를 만나지 못했던 건 그가 자신들을 피해 다녔기 때문이 분명했다.

전혀 변한 게 없다고 생각했던 유키와 반리는 이제 예전의 두 사람이 아니었다. 반리는 유키와 조금 거리를 두려 했다. 아마도 자신을 배려하는 것이리라.

'내 목소리가 나오지 않은 걸 신경 쓴 걸 거야. 반 씨 때문이 아닌데……'

미안하게 생각하면서도 열심히 반리에게 연락하는 유키에겐 가슴이 술렁거렸다. 마침내 친구를 다시 만났으니 실컷 만나고, 실컷 수다 떨고 싶은 게 당연할 것이다. 불만이 있는 건 아니다. 하지만 자신이 잘 웃을 수 있을지 걱정이 되었다.

'애초에 유키가 연연하는 것뿐이잖아. 반 씨가 어른스러운 대응을 해주고 있으니 유키도 그에 맞춰야 하는 게……. 아니지, 아니지. 무슨 생각을 하는 거야, 난.'

목소리를 잃었던 괴물이 다시 그릉그릉 으르렁거린다. 온통 불평불만으로 뒤틀린 자신이 모모는 당혹스러웠다. 대체 뭐가 맘에 안 드는 걸까?

뭘 바란 거였지?

그날 밤 유키 차를 타고 그의 집으로 향했다. 간만에 유키의 수제요리를 얻어먹기로 했다.

해가 지기 시작한 거리의 교차로에서 차가 멈춰 섰다. 횡단보도를 수많은 젊은 여자들이 건너고 있었다. 교차로 끝에는 커다란 콘서트홀이 있다.

"여자애들이 많네?"

"무슨 행사 있나? 아, TRIGGER 공연이잖아. 봐, 저기 굿즈들."

창밖을 가리키며 모모는 즐거운 듯 그녀들을 바라봤다. 멋을 내고, 예쁜 옷을 입고, 친구들과 마주 웃으면서 횡단보도를 건너갔다.

처음 Re:vale의 라이브에 갔던 날에도 본 광경이다. 모두 연인을 만나는 것처럼 뺨을 붉히고, 행복한 듯 웃고 있었다.

한결같이 눈동자에 어렴풋한 기대를 품은 그녀들.

그녀들의 마음을 모모는 아주 잘 안다. 몸단장을 하고, 허리를 쭉 펴고, 아이돌의 눈에 띄고 싶은 게 아니다. 결코 특별한 사람이 되고 싶은 것도 아니다.

그저 멋진 사람들 앞에서 자신도 한껏 멋진 사람으로 있고 싶었던 것뿐.

그걸 깨달은 순간 모모의 마음속에 만년설처럼 얼어붙어 있던 무언가가 사르르 녹아내리기 시작했다.

창에 손을 대고 뚫어져라 꿈꾸는 관객들의 행진을 바라봤다. 고맙다고, 힘내라며 애정을 담아 눈동자를 빛내던 나날들.

Re:vale에게 좋은 사람이고 싶었다. 두 사람의 바람을 지지하는 존재이고 싶었다. 그래서 자신의 욕망에 괴물이란 이름을 붙이고 어둠 속에 틀어박혔다.

"모모?"

"나…… 좋은 팬으로 보이고 싶었어."

모모의 속삭임에 유키가 의아한 듯 그를 돌아봤다. 신호가 바뀌자 그는 액셀을 밟았다. 신호 대기 중인 관객들을 바라보면서 모모는 무의식적으로 미소 지었다.

모쪼록 즐기길. 횡단보도를 건너 콘서트홀까지 행진을 하면

멋진 밤이 시작된다.

그녀들이 기대하는 꿈을 무대에서 기다리는 아이돌이 보여줄 것이다. 성실하고, 예의 바른 후배들은 틀림없이 최고의 선물을 객석에 안겨줄 터.

웃고, 감동하고, 가슴이 뿌듯해진 관객들은 아이돌이 더 좋아지겠지. 그리고 행복으로 가득 찬 자신을 사랑스럽게 여길 것이다.

별 조각을 모은 작은 병처럼 보잘것없던 몸이 빛나기 시작할 테니까.

"……유키 씨랑 반 씨가 너무 좋아서 두 사람에게 좋은 아이로 보이고 싶었거든. 편애를 받고 싶었던 건 아냐. 누군가의 자리를 뺏고 싶었던 것도 아니고……. 그냥 두 사람이 좋으니까 당당하게 Re:vale가 좋다고 말할 수 있는 사람이 되고 싶었어."

모모를 곁눈질로 신경 쓰면서 유키는 차를 몰았다. 밤으로 잠겨드는 거리는 희미한 은색의 달빛에 포근히 감싸여 있었다.

"그래서 좋은 팬이 아닌 모습은 유키에게 보여주고 싶지 않았어. 유키가 싫어하는 걸 시키거나 하고 싶은 걸 못하게 할 때마다 유키는 용서해도 내 자신이 용서가 되지 않았어. 유키,

난 의외로 기분 나쁜 녀석이야."

"모모는 기분 나쁜 녀석 같은 게 아니야."

"아니, 기분 나쁜 녀석 맞아. 반리 씨가 죽는 꿈을 몇 번이나 꿨는지 몰라. 난 울면서 안도했어. 유키에게 화가 난 적도 수없이 많아. 말 안 해도 눈치 좀 채라고, 떼쓰는 어린애 같은 생각도 했어."

핸들을 꺾으면서 유키는 진지하게 얼굴에 반성의 기색을 드러냈다.

"눈치 없어서 미안하다고 생각해."

"아니야. 유키는 잘못 없어. 내가 멋대로 이상적인 날 만들고, 그 외의 모습은 숨겨온 거야. 내 자신이 미우면서도 사랑받고 싶은 마음에 유키한테도, 반리 씨한테도……."

"우리 둘 다 널 좋아해, 모모."

일일이 모모를 감싸는 유키에게 모모는 얼굴을 풀고 쓴웃음을 지었다. 입을 여는 모모의 말을 가로막듯이 전방을 주시하면서 유키가 잘라 말했다.

"나쁜 아이인 모모가 있어도 괜찮아. 나도, 반도 그렇게 착한 사람은 아냐. 특히 반은 그 얘기 들으면 기뻐할걸?"

꿈속에서 죽임당한 얘기를? 모모는 의아한 듯 유키의 옆얼굴을 쳐다봤다.

유키는 흘끗 모모를 보고는 장난스레 미소를 지었다. 가벼운 미소인데 신기하게도 교회의 성화(聖畵) 같은 자애로움이 가득했다.

"그 녀석은 쓰레기 같은 날 돌봐줬어. 그런 녀석이 좋은 거겠지. 다음에 꿈 얘기 반한테 해줘 봐."

"안 돼……. 무서워."

"무섭긴 뭐가. 모모도, 반도 무섭지 않아."

다정한 목소리가 가슴에 스며들며 꾹 참고 있던 눈물이 굴러떨어졌다. 아아, 정말 그 말대로다. 반리나 자신이나 무서운 사람도, 형편없는 사람도 아니었다.

다정한 반리도, 불가사의한 유키도, 그들을 응원하던 자신도 모모는 사랑했던 것이다.

유키는 길가에 차를 세우고, 모모의 얼굴을 들여다봤다. 쓱쓱 열심히 모모의 눈물을 닦아준다. 내일 눈이 부을 텐데, 라고 생각하면서도 모모는 유키의 손길을 거부할 생각이 들지 않았다.

모모의 얼굴을 훔쳐보면서 유키는 자그마한 목소리로 속삭였다.

"모모는 내가 하고 싶어하는 걸 못하게 하거나, 하기 싫은 걸 시켰다고 하지만, 그건 당연한 거야. 내가 뭘 해도 지지해주던 팬 시절과는 달라. 모모는 파트너니까."

모모는 깜짝 놀라 유키를 바라봤다.

모모의 눈꼬리에 티슈를 누르면서 아무렇지도 않은 듯 유키는 웃었다.

"둘이 함께 헤쳐나가야지."

둑이 무너지듯 호흡을 떨며 모모는 오열했다.

계속 자신이 형편없는 사람이 된 것 같아 힘들었다. 욕심 없던 자신이 탐욕으로 교만해져 가는 것 같아 너무 싫었다. 하지만 그건 추악한 변화가 아니라 달라진 두 사람의 관계에서 비롯된 당연한 결과라고, 그렇게 유키는 말해준 것이다. 모모의 오랜 고뇌에 심플한 답을 내려주었다.

그 순간 마침내, 모모 안의 괴물이 사라진 것 같았다.

"울지 마, 모모. 네가 나쁜 인간이면 난 완전 구제불능이니까. 네 등골이나 빼먹고 방송에선 NG만 내고. 반도 속으로는 아마 날 100만 번은 죽였어."

말주변 없는 유키의 어설픈 위로를 들으면서 눈물로 흐려진 시야로 그를 바라봤다. 누구나가 반하는 사람이, 바보같이 필사적으로, 어리석을 정도로 진지하게, 모모에게 온갖 말을 해주고 있다.

무슨 생각을 하는 거지? 그런 것을 생각한다면 실례다.

모모를 생각해주고 있다.

"앞으로는 모모의 고민을 알아챌 수 있게 노력할게. 하지만 자신 없으니까 가능하면 모모가 직접 말로 해줘. 걱정 마. 화내거나 하진 않을 거야. 아마도……. 모모한테 화나는 일은 좀처럼 없는 데다 정말로 싫은 건 싫다고 말할 거거든."

"응……."

"한 달 정도 계속 그러면 꺾일지도 모르지만."

옛날이야기를 꺼내며 유키는 웃었다. 덩달아 울고 웃던 모모는 참을 수 없어져서 큰 소리로 울었다.

노래를 그만두지 말라며 울었던, 그날의 자신들이 분명 지금으로 이어지고 있다.

유키를 설득해서 다행이다. 유키와 노래해서 다행이다. 유키의 파트너라 다행이다.

비록 모모와 유키의 시작이 축복과는 거리가 멀었지만, Re:vale를, 자신을, 유키를, 반리를 좋아해서 다행이다. 이 일을 통해 팬에게 사랑받고, 동료에게 응원받으며 열심히 노력해서 다행이다. 진심으로 그렇게 생각했다.

다음에 만나면 반리에게 말해주자. 자신은 신경 쓰지 말고 유키랑 잘 지내 달라고. 유키가 얼마나 애썼는지도 알려주자. 그리고 자신이 얼마나 애썼는지 그에게 말해주자.

당신에게 칭찬받고 싶다고 솔직히 말하자.

그거면 됐다. 그것만으로 모모와 유키와 반리는 마주 웃을 수 있다.

같은 열정과 같은 음색으로 Re:vale는 이어져 있으니까.

"뭐……? 내가 죽는 꿈?"

스튜디오에서 만난 반리에게 용기를 내서 꿈 얘기를 하자 그는 미소를 거두었다. 딱 봐도 질색한 표정이었다. 모모는 순간 창백해졌다.

'얘기가 다르잖아, 유키……!!'

"어어, 그건…… 내가 죽었으면 좋겠다는……."

"아뇨? 아니에요! 오해예요! 그럴 리가요……!"

당황해서 해명하는 모모 옆에서 유키는 천연덕스러운 얼굴로 두 사람을 관망하고 있었다. 이런 사람이었지, 라고 모모는 새삼 생각했다. 유키에게 모모와 반리는 당연히 친한 사이기 때문에 세세한 것까진 신경 쓰지 않는 것이다.

소통능력 하나로 연예계를 힘들게 올라와 놓고, 자신은 왜 유키의 조언을 참고할 생각을 했을까? 모모는 진지하게 자문자답을 했다. 이럴 줄 알았으면 처음부터 자기 식대로 얘기해서 칭찬해달라고 할걸.

쓴웃음을 지으며 반리가 조심스럽게 말했다.

"뭐, 모모 군이 고생이 많았을 테니 이 망할 녀석, 이라고 생각해도 할 말은 없지."

'아…….'

농담조의 반리 말에는 모모에 대한 배려가 담겨 있었다. 난감한 듯이 웃는 반리를 눈앞에 두고, 모모는 새삼 확신했다. 이런 반리를 보고 싶었던 것이 아니다.

그는 동경하던 사람이자 자신이 사랑한 스타다.

아이돌이 아니게 됐다고 해도 반리의 성공과 행복을 모모는 응원할 것이다.

"반 씨, 유키랑 계속 전처럼 지내주세요! 전 원래 Re:vale의 팬이라 사이좋게 지내는 두 사람이 좋아요!"

반리는 눈을 크게 떴고, 유키는 히죽히죽 기분 좋은 듯 웃었다.

"'전처럼 사이좋게'라는데? 우리가 그렇게 사이좋았었나?"

"모모 군, 네가 뭔가 오해하고 있나 본데, 그건 팬서비스였어."

"너무하네!"

농담을 주고받는 두 사람을 보며 모모는 큰 소리로 웃었다.

그런 모모의 머리에 살포시 반리의 커다란 손이 닿았다. 과거 기타를 치며 마이크를 잡던, 하지만 이젠 타이핑이 능숙해진 반리의 손이 아이를 예뻐하듯이 모모의 머리를 쓰다듬었다.

"모모 군이 있어준 덕에 유키가 노래를 계속할 수 있었고, 나도 이렇게 유키를 만날 수 있었어. 여러모로 힘들었겠지만…… 힘내줘서 고마워, 모모 군."

모모는 커다란 눈에 눈물이 그렁그렁한 채로 웃었다.